徳 間 文 庫

ぶたぶたの花束

矢 崎 存 美

徳 間 書 店

CONTENTS

デザイン／宮村和生
本文挿画／あいみあさ

ボディガード

「あー、もう、また来た!」

大和玲美《やまとれみ》は携帯電話をベッドに投げつけた。

とたんに電話がかかってきて、ビクッと飛び上がった。ディスプレイには「住《すみ》吉《よし》さん」。

よかった。マネージャーだ。

「もしもし?」

「あ、玲美?　あの――」

「またあいつからメールが来た!」

住吉の声をさえぎって、玲美は叫んだ。

「えっ、もう!?」

彼には珍しく絶句する。

「そうか……。やっぱり内通者がいるってことだな……」

がっかりしたような声で言うが、玲美にとってはどうでもいい！

「とにかくこいつ、なんとかして！」

〝こいつ〟とは、通称〝トーリ〟――玲美のストーカーだ。正確には、アイドル〝日向《ひなた》れみ〟のストーカーだが。

大量にCDを買ってくれて、イベントにも足しげく通ってくれるらしいので、ありがたいのだが、いくら電話番号を変えても、引っ越しても、必ず連絡を取ってくる。正体はいまだわからない。

特に危害を加える気配はないが、メールがとにかく気持ち悪いのだ。

そいつの中では、玲美は元彼女ということになっている（らしい）。誰かと勘違いしているのではないか、あるいはそういう妄想《もうそう》が受けると思っているのか、それとも本気でそう思っているのか――いずれにしても怖い。

スッピン見せれば誤解も解けるのでは、と思ったが、それは事務所的にNGなのだそうだ。オフィシャルな「スッピン」は単なる奇跡の一枚に過ぎない。

それに、本物のスッピンを見せたところで効果はなさそうな気がする。

「落ち着け、玲美。明日からボディガードがつくから」

「何それ、聞いてない！」

「言ってないからな」

何偉そうに言っているのだ。

「今日、言い忘れて」

「ボディガードつけるより、ストーカーを捕まえてよ！」

「そっちもがんばってるから、とにかく落ち着けって！　ボディガードさんは明日の朝連れていくから。ずっと一緒にいてくれるから、かなり安心できると思うよ」

「ずっと一緒って女の人なの？」

「……えーと、どっちだったかな？」

「何言ってんの!?　あたしに何つける気!?」

「まあ、とにかく大船に乗った気になってていいから。ブログ、忘れずに書いてね」

そしてガチャ切り。ひどい。小娘だからってナメてる！

その夜、玲美は怒りすぎて何もできなかった。ブログを書くだけで精一杯。

「あーあ、毎日楽しいふりすんの、めんどくせー！」

嘘《うそ》をついているわけではないが、楽しいこと「だけ」の毎日を書くのって神経使う。いやなこともたくさんあるのに、それは吐き出せない。

やっとなんとか無難な文章を書いて、ブログを更新する。すると、すぐにコメントがつく。それはとってもうれしいが、この中にはきっと〝トーリ〟がいるんだな、と思うと、ぞっとする。

「とにかく、寝なきゃ！」

気合を入れて、ベッドに潜り込む。さっきのメールアドレスは即着信拒否しておいたが、いつまた新しいメールが来るか……。仕事の連絡が来るかもしれないから、携帯の電源は切れない。とりあえずサイレントモードにして、玲美は眠った。

次の日の朝、メールをチェックしたがとりあえず昨日のメアドからのものはなかった。

けどどうせすぐに、別のアドレスから来るんだろうな……。憂鬱《ゆううつ》だ。

住吉から「車が着いた」と電話をもらい、玲美はスッピンにメガネ、帽子にマスクをつけて、マンションの一階へ降りる。

エントランスのオートロックドアが開くと同時に、車がすーっと横付けされる。素早く後部座席へ乗り込むと静かに動き出す。

ほとんど一人では出歩けないし、今日からはボディガードまでつく。高校の頃の友だちと思いっきりおしゃべりしたり、買い物に行ったり、旅行したりしたい。でも、忙しすぎて友だちと時間が合わないし、フラフラ買い物なんて今は特に怖くてできない。

これが十九歳の女の子の日常なんて、と思うが、アイドルになったんだから仕方がない。ただ、玲美がやりたかったのは、歌手なのだが。歌は歌っているけれども、ちょっと違う。

それでも、そのうち事務所が自分のやりたいことを叶《かな》えてくれるかもしれない。実はアイドルを演じるのは面白いと思っていた。ミュージカルの舞台にも立ちたいと思っているから、芝居の稽古《けいこ》だと考えればいい。いつも同じ役だから、飽きてくるのが困るけど……。

「玲美」

助手席からひょこっと顔がのぞきこむ。

「あ、社長。おはようございます」

玲美の事務所社長の飛田真理恵《ひだまりえ》は、元女優だ。元々マネジメントがしたくて会社に入ったのに、なぜか「人手が足りないから」と当時の社長にだまされて舞台やドラマに出ていたらしい。前社長が高齢で引退してからは、水を得た魚のようにバリバリ仕事をしている。

「今日からついてくれるボディガードさんを紹介しようと思って」

わ、社長じきじきに？

「こちら、山崎《やまざき》ぶたぶたさん」

真理恵が玲美の隣を指し示す。桜色のぶたのぬいぐるみが置いてあった。大きさはバレーボールくらい。大きな耳の右側はそっくり返り、手足の先には濃いピンク色の布が張ってある。

「あ、かわいい！」

玲美はかわいいものが大好きだ。あと、点目に弱い。小動物のつぶらな瞳《ひとみ》を眺めてペットショップで小一時間なんてザラだ。

そのぬいぐるみの目も、もちろん黒ビーズの点目だった。間の開き具合も絶妙だ。

さっそく抱っこしようとしたら、

「おはようございます。よろしくお願いします、山崎ぶたぶたです」

という声が聞こえた。中年男性の声だった。

「えっ、何⁉」

運転している住吉さんの声とも違う！

「玲美、落ち着いて聞いて。こちらのぬいぐるみが山崎ぶたぶたさんなの」

真理恵があわてて言う。

「へー、このぬいぐるみの名前、山崎ぶたぶたさんっていうの？」

「そうよ。ボディガードの山崎ぶたぶたさん」

「ふうん、ボディガード――」

え？

「社長、何冗談言ってる――」

「冗談じゃないのよ。いろいろ悩んで考えた結果なの」

「え？」

玲美は思いっきり混乱していた。というか、まだ冗談か、あるいはからかわれていると思っていた。さすが元女優、真理恵の演技は真剣そのものだ。

「ボディガードといえば、屈強な男ってイメージでしょ？」

「そうですね」

それは否定しない。女性だとしても、ぬいぐるみよりはずっと筋肉質だろう。

「でも、そういう人だとずっとあなたと一緒にいることはできないわ。女性に来てもらって泊まりこんでもらったとしても、やっぱり仕事中は無理でしょ？」

「そうですね。でも、仕事中は大丈夫なんじゃないですか？」

「それを逆手に取られても困るじゃないの」

それもそうだ。

「泊まりこむにしても、あなたが家で休めないんじゃ、仕事にも支障が出るし」

「はあ」

「誰にせよメリットとデメリットがあるのよ。わたしは、あなたの周辺に常に目を配《くば》って、その時々で適切な判断ができる人の方がいいと思ったの。いざという時に相手を組み伏せることができなくても、ちゃんとあなたの安全が保証されればいいんだもの」

「そうですか」

この話はどこへ向かっているのだろう？

「総合的にこの山崎ぶたぶたさんが適役という結論に達したのよ」

「何の？」

「玲美のボディガードよ！」

「……で、そのボディガードさんはどこにいるんですか？」

さっきの中年男性の声の人だと思うのだが。

「ここにいらっしゃるでしょ！」

「あのう、信じられないかもしれませんが、目の前にいるぬいぐるみです。わたしが山崎ぶたぶたです」

声の方にさっと目を向けると、ぬいぐるみの突き出た鼻が余韻《よいん》のように動いていた。まさか。

「社長、冗談は——」

「冗談じゃないのよ、玲美」

社長が身を乗り出し、玲美の肩をつかむ。

「ストーカーはあんたの仕事中も狙《ねら》うかもしれない。第一、握手会にも来てるって言うんだもの」

「でも、こ、このぬいぐるみ……さんに何ができるんですか!?」

「そろそろ着きますよ」

　さっきから無言だった住吉があわてたように声をあげる。

「玲美、ぶたぶたさんを持って」

「は？」

「抱っこしなさい！」

　車が関係者入口に停《と》まる。

「とにかく持って！」

　真理恵に持たされるまま、ぬいぐるみを抱《かか》え、玲美は車を降りた。

「おはようございまーす」

　無意識のうちに挨拶《あいさつ》を口にしながらテレビ局へ入っていく。

　そのまま、バタバタと楽屋に駆け込む。そこでは専属スタイリスト兼ヘアメイクの鈴村紗代《すずむらさよ》がもう待っていた。

「おはよう、紗代ちゃん。こちら昨日話したボディガードでぬいぐるみの山崎ぶたぶたさん」

「うわあっ、イメージぴったりですね！」

自分の目が、ぶたぶたみたいな点になったかと思った。紗代さん――普通の人だと思ったのに。

「よろしくお願いします」

ぶたぶたは玲美に抱えられたまま、紗代の方に手（?）を差し出した。

「あっ……！」

紗代は一瞬ひるんだ。

「声はずいぶんおじさんなんですね……」

とそのままの姿勢で言った。

「はい、そうなんです」

「玲美、早く着替えて！」

「は、はい！」

ゆっくり話しているヒマもなく、準備に追われる。今日は歌番組の収録だ。新曲用の衣装に着替えて、紗代にメイクをしてもらう。

真理恵が衣装にいろいろなものを縫《ぬ》いつけていた。今回のイメージは「オールドローズ」なのだそうだ。ちょっと枯れかけみたいだが、淡く渋いピンク色の衣装が素敵だった。

紗代が頭にも大きなバラのコサージュをつけてくれる。

「あ、このバラの色――」

さっきのぬいぐるみとよく似ている。

「いいでしょう？　これで、あのぬいぐるみさんをスカートに縫いつけるのよ」

真理恵が言う。

「え、あのぬいぐるみって――」

ぶたぶたを!?

「これで、仕事中でもあなたと一緒にいられるってことよ」

「縫うってどうやって――」

「あ、縫ってもいいんですが、できればとっさに動ける方がよろしいかと思うので、つかまれる箇所を作っておいていただければ」

っていた。

と、後ろから声が。振り向くと、首にかわいくリボンが結ばれたぶたぶたが立
「あ、ぶたぶたさん、かわいい――」

真理恵はそう言って喜んでいるが、そのあと「うちのマロンちゃんといい勝負だわ」とつぶやいたのを玲美は聞き逃さなかった。マロンとは社長が溺愛《できあい》しているシーズーで、散歩係も雇っているらしい。もちろん見たことあるけど、ぶたぶたの方がずっとかわいいと思うな――。

「つかまれる箇所……ですか？」

紗代がつっかえながら答えた。

「あ、新たに作らなくても、たとえばこのベルトのあたりとか」

古い革のベルトがスカートには巻いてある。

「ここにぶら下げてもらうとか」

「あ、じゃあプラのカラビナで派手な色のがあるから――」

紗代はゴソゴソと荷物の中からカラビナだけでなく別のベルトやリボンや紐《ひも》な

どを取り出し、ぶたぶたをぶら下げられるようにした。

「あ、これならすぐにはずして手に持てるし、いいかもしれない！」

「あまりぶらぶらしないように、ベルトにもつかまっておきます」

ぶたぶたの声が混じる。あたしの腰の少し下あたりで何やってんの!?

「ちょっと玲美、踊ってみて！」

「えっ!?　あ、はいっ」

真理恵に言われるまま、新曲の振り付けをやってみる。

「あ、いいじゃなーい、ただぶら下がってるだけじゃなくて安定感ばつぐん！」

手を叩《たた》いて喜ぶ。

「ダンスの邪魔じゃないですか？」

多分、ぶたぶたがあたしに質問してるんだな。

「だ、大丈夫……」

もっと重くて邪魔なものをくくりつけて、あるいは自分がぬいぐるみ（着ぐるみ）に入って何時間も踊ったことがあるから、全然平気だ。

ていうか何これ!?　いつの間にかぬいぐるみのボディガードが装着されてるっ!?

「これで仕事中も安心ね」

「衣装を着替えても、ぬいぐるみはつけときましょう。抱えてもいいし」

「名前とか訊《き》かれそうね。じゃあ、イメージカラーがオールドローズだから、ローズちゃんで」

ローズちゃん！

い、いや、顔や色はまったくぴったりなのだが、あの声でローズちゃん……。

ドアがノックされて、いつの間にか打ち合わせに行っていた住吉が帰ってきた。

そのあとすぐに、

「リハーサル始まりますー」

とスタッフが言いに来る。いつにも増して慌《あわ》ただしい感じだ。

仕事は滞《とどこお》りなく済んだ。

激しいダンスにも負けず、ぶたぶたはドレスにしがみつき続けた。トークコーナーでも常に見切れていた。

「あー、かわいいー、ぬいぐるみがスカートについてるー」

トークでも振られたので、

「そうなんですー、ローズちゃんっていうんですよー」

とちゃんと言っておいた。

そのあともインタビューや雑誌のグラビアの仕事をこなし続け、ローズちゃんことぶたぶたは玲美のそばから片時も離れなかった。なのに、誰の邪魔もしない。むくつけき男では何もしなくても威圧感《いあっかん》があるだろうが、ぶたぶたは雰囲気を決して壊さない。インタビューもリラックスしてできた。

「はー、疲れたー」

今日もよく働いた。

真理恵は途中で抜けたので、今は住吉と二人——ではなく、ぶたぶたももちろんいる。あまりにも忙しすぎて、全然話していないから、本当にボディガードがいるのか、と錯覚してしまう。

朝のあの騒ぎは、夢なんじゃないかと思うくらい。

ぼんやりしている間に、マンションに着いてしまう。

「じゃあ、明日の予定は──」

半分寝ながら住吉の話に機械的にうなずき、車から降りる。

「あ、山崎さんもお願いします」

「わかりました」

ぶたぶたがそう言って玲美のバッグの中によっこいしょと入ったところで、ちょっと目が覚めた。

「何してるの⁉」

「もちろんボディガードだから、部屋までついてってもらうんだよ」

「えーっ⁉」

「それが彼の最大のメリットなんだからね。家で何があっても、対処できるでしょ？」

何があるというのだろうか……？　今のところ、怖い思いをしたことないけど。

「バスタオルを一枚貸していただければ、それで大丈夫ですので」

とバッグの中からキリッと言われる。

まあ、声は男性だけど、どう見ても「ローズちゃん」なわけだし……ぬいぐるみとスキャンダルとか、どう考えてもありえない。それをちゃんと見越して、社長も彼に頼んだのだろうし。

誰かを泊める、という意識もあまり働かない。今朝からのつきあいだが、存在を見事に消しているし（この大きさで存在を主張するぬいぐるみはかえって怖い）、家に連れていって置いておく、というのが一番今の気分に近いだろう。

「わかったよ……」

とにかくもう寝たい、というのが本音だった。ブログは移動中に更新したし、あとはもうほんとに寝るだけになっている——はず。顔のマッサージとかもう、いいや……。

「おやすみなさい……」

「はい、おやすみ〜」

住吉の車をちょっとだけ見送ってから、すぐに自分の部屋へ帰る。

居間のテーブルの上にバッグを置くと、

「お邪魔いたします」

と言って、ぶたぶたが中から出てきた。そのもぞもぞした動きが超かわいくて、悶絶《もんぜつ》しそうになる。

「お世話になります」

ちゃんとご挨拶もしていなかったので、改めて言ってみた。

「いえ、こちらこそよろしくお願いいたします」

鼻がもくもくっと動くのがたまらん。

「あのう、ちょっと訊いてもいいですか?」

「はい、なんでもどうぞ」

「どうしてぬいぐるみなのにボディガードをしてるんですか?」

「まあ、わたしはなんでも屋みたいなものでして」

……そこからしておかしくはないだろうか？　それってぬいぐるみ関係ないし。

「飛田社長のお友だちの娘さんの遊び相手なんてしていたんですが、その時、不《ふ》審者《しんしゃ》を撃退しまして」

「どうやって？」

「その時は、単に説得をしただけなのですが」

説得の内容を細かく訊きたいという気持ちと先を聞きたいという気持ちがせめぎ合い、後者が勝った。

「その縁で、今回の件を引き受けました。護身術などの類《たぐい》はできませんが、普通の人よりは周囲に目配りできますので」

「なんでもバッチリなんて人はいないよねえ……」

ひとりごとのように言ってしまう。

「あなたと同じくらいの年頃の女の子で凄腕《すごうで》のボディガードがいればバッチリなんでしょうけど」

「そんなマンガみたいな女の子はいないでしょう？」

ぶたぶたは短い腕をむりやり組んで、首を傾《かし》げた。目間にシワが寄る。考えている姿がかわいすぎるっ。

「……そうですね。いないかもしれませんね」

「でも、そういう子でも仕事中は一緒にはいられないじゃない？」

「バックダンサーとしていればいいんじゃないですか？」

「ボディガードとして凄腕で、ダンスもできて、あたしと同じくらいの年頃の子なんて――」

「やっぱりいないかもですね」

「それに、トークの時までいたら変だよ」

そこまで言って、真理恵がいかに適役の人（？）を選んだかがわかった。「カワイイ」がコンセプトの「日向れみ」としてのイメージを崩さず、常に一緒にいても変ではないボディガードをつけてくれた彼女の配慮に感謝しなくてはならない。

「とにかく、明日もよろしくお願いします」

「はい、こちらこそ」

「ほんとにバスタオルだけでいいの？」

「はい。ここのソファーで休んでかまいませんか？」

「いいですよ」

「玲美さんがお休みになるまでは起きてますので、遠慮なく声をかけてください」

「ありがとう」

玲美はそのあと風呂に入った。髪や身体《からだ》を洗いながら、いろいろなことを考える。

普通の客なら、食事や風呂、着替えの心配をしなくてはならないが、いいんだろうか？　確かに彼は裸だし、バスタオルだけでいいと言っていたし——風呂にも入らなそうだし。

でも、食事は？

いやいや、それこそ考える必要のないことだろう。だって、ぬいぐるみだよ？

何か食べようにも、どこから入れるんだ？　口あるの？

うだうだとそんなことを考えているうちに湯船の中で寝そうになる。もし本当に寝てしまったら、ぶたぶたが助けてくれるのだろうか……。

無理だな。

玲美は、あわてて風呂から上がる。

寝室に引っ込む時に居間をのぞくと、ぶたぶたはソファーにちんまりと座っていた。いちいちかわいい。

「もう寝るね。おやすみなさい」

「はい、おやすみなさい」

ベッドに入ってから、携帯電話でメールをチェックしようとしたら――やっぱりあった、ストーカー〝トーリ〟からのメール。

「キエーッ！」

一人でないのを忘れて、奇声をあげてしまう。

「どうしたんですか⁉　大丈夫ですか⁉」

どんどんドアを叩かれる。ぬいぐるみのはずなのに、けっこう力強い。

「あ、す、すみませんっ。変なメールが来たもんで……」

ドアを開けると、ぶたぶたの点目が倍くらいになっているように見えた。玲美は彼に携帯を差し出す。

「社長から話を聞いてると思いますけど……」

「ストーカーからのメールですか？」

「はい」

ぶたぶたは身体半分くらいの携帯を手に取って画面をのぞきこむ。まるで鼻先で画面を掃除してくれているようだ。

「これは……」


れみへ。

こんばんは。今日もたくさん働いたみたいだね。お疲れ様。

新曲聞きました。君の歌詞、こなれてきたよ、いい感じに。

僕への気持ちを、ついに隠せなくなってきたかな、なんて。

君からの「歌」という名のラブレター、常に聞いていると、僕の元へ戻りたいという想《おも》いがあふれてくる気がするよ。

いつでも帰っておいで。僕の準備は整ってる、とっくに。

君もわかっているはずだろう？　もう隠さなくていいんだ。素直な君に、早く逢《あ》いたいよ。

おやすみ。

by
トーリ

ぶたぶたは一読してひとこと。

「……なんか、ウザいですね」

「ウザいでしょう？」

「『by』が特に」

「そう！」

「『逢いたい』とかも」

「会いたいじゃないところがね」

ウザいとわかってくれてうれしい。

「最初は爆笑していたの。だけど、ずっとこんな調子のメールが続いてて。怖いのはメアドを変えてもすぐに突き止めてメールを寄こすところなんです」

「うーん、それはいやですね」

「それにすっかりこっちを元カノと思い込んでるというか……」

帰ってこいとか、戻ってこいばっかりなのだ。知らないっつのっ。

「メールだけだったら、気にしないでもいいのかもしれないけど」

危機感がないのかもしれないが、面白いと思っている部分も否めない。

「どっちに転ぶかわからないから、怖いですよね」

「返事は一つもしたことないんです」

「しようもないですが」

「……そうね」

「やめてください」くらいしかできないな。心当たりがないんだし。

ぶたぶたと話しているうちに落ち着いてきた。

「ごめんなさい、騒いじゃって」

「いいえ、眠れそうですか？」

「はい、大丈夫です」

「では、おやすみなさい」

わけのわからないウザいメールの「おやすみ」より、かわいい点目に言われる方がいいに決まっているのだ。


朝は住吉の電話で起こされるのが常だ。

寝ぼけまなこでリビングに行ってびっくり！

「わああ！」

いっぺんで目が覚めた。昨日と同じポーズでソファーに座っていたぶたぶたと目が合ったのだ！

「おはようございます」

「お、おはよう……ございま……」

ぬいぐるみがしゃべった！

と叫びそうになって、昨日のことを思い出す。

——という朝の目覚めをくり返しつつ、数日が過ぎた。おかげで支度時間が短くすんでいる。

その間、仕事はどんどん立て込んでくる。新曲発表のイベントや取材、インタビュー、そしてプロモーションビデオの撮影。

監督がぶたぶたのことを気に入り、ビデオの中にモチーフとして使いたがった。もちろんただのぬいぐるみ「ローズちゃん」として。

ぐったりとぬいぐるみとしての役割を果たすぶたぶたを見て、「動いたらもっといいものになるのに」と残念に思う。たとえば、他のスタッフは入れずに、玲美と二人だけの映像を事情を知る者に撮ってもらって入れてもらう、というのはどうだろう？

しかし本人から、

「それはお断りします」

とはっきり言われてしまった。しかもその理由が、

「恥ずかしいです」

ボディガードとしての責務を果たせなくなる、とかかと思ったのに。

まあ、今回は仕方ない。

でも、いつかは出てもらえないだろうか、とつい思ってしまうのだ。


今日は、久々の休みだ。

といっても、都合でぽっかりと空《あ》いたイレギュラーな休日だった。

ぶたぶたが来るまで、外に一人で出るのは少し怖かったのだが、今日はちょっとどこかへ行こうかという気分になっていた。本当は寝て疲れを取るべきなのかもしれないが、いろいろやりたいことがある。

「寄席《よせ》に行きます！」

朝、ぶたぶたにそう宣言する。

「寄席!?」

点目がまた少し大きくなった気がした。

「落語が好きなの。あと、お芝居でも歌でも、なるべく生で触れた方がいいって社長が言うし」

ぶたぶたをバッグに入れて、スッピンで街に出る。

「お母さんが落語好きだったの」

「お母さんはお元気ですか?」

「お母さんは、あたしが高二の時に死んじゃった……」

進行性の病気で、あっという間だった。あまりにも悲しみ過ぎて大学受験に失敗した玲美に、それまで芸能界入りを反対していた父親が「好きなことをしなさい」と言ってくれたのだ。

「それは……すみません」

突き出た鼻がしょぼんと下に下がった。

「ううん。お母さんは落語だけじゃなくて、笑えて楽しいものはなんでも好きで、ミュージカルや宝塚や歌舞伎《かぶき》にも連れてってくれた。帰ってきてからあたしが真似《まね》するのをすごく楽しみにしてて、『それが見たくて連れてってるんだよ』って言うくらいだったの。

大きくなったらそういうお芝居にあたしが出て、お母さんを笑わせるのが夢だったんだ」

「コメディエンヌが夢なんですね」

「コメディエンヌ……」

そういう言葉、聞いたことはあったけれど、自分とは全然結びつかなかった。

「なんかかっこいいね、そういうふうに言うと！」

アイドルとしても新人なのだから、道はまだまだ遠いのだけれど。

「好きな落語家さんとかいるんですか？」

「ううん、最近の人はまだよくわかんないの。好きな演目ならあるけど」

落語って歌みたいって思うのだ。同じ歌なのに、歌手によって全然違う、みたいな。この人より、あの人のヴァージョンの方が好きとか。

「古典と新作は?」

「古典の方が好き」

そんなことを話しながら、電車を降り、寄席までの道のりを歩いていた。裏通りから目的の寄席に通じる狭い路地に入った時、突然男が立ちふさがった。

「何?」

男は、ずんずんこっちに近寄ってくる。

「え、やだ!」

悲鳴をあげようとしたが、声が出ない。男はあっという間に目の前にやってくる。どうしよう!

「何してるんだ!?」

背後から声がかかる。男はひるんだように身をすくませ、玲美のバッグの中から顔をのぞかせていたぶたぶたをむんずとつかみ、そのまま向きを変えて走りだした。

「ま、待って！　返して！」

ぶたぶた！　あたしのボディガード！　走りだそうとしたら、足が震えて転んでしまった。

「大丈夫ですか？」

さっき後ろから声をあげた男の人が心配そうに支えてくれる。

「あの、あのぬいぐるみ、ないと困るんです！」

「落ち着いて。警察に届けますか？」

「いえ、あの、電話しなきゃ！」

どうしよう、どうしたらいい⁉　何、もしかしてあたしの代わりに奪われた⁉

「もしもし、住吉さん⁉」

事務所にいた住吉が、あわてて迎えに来てくれた。道端で座り込んでいる玲美を、見知らぬ男性はずっとなぐさめてくれた。

「住吉さん……ぶたぶたが……ぶたぶたさんが、盗《と》られちゃったの……」

「ええっ⁉」

「どうしよう、警察に言った方がいいかな？」

「ぶたぶたさんなら、自分でなんとか逃げられそうにも思えるけど、どうなんだろう」

その時、携帯にメールが入った。

「あっ」

ぶたぶたからだった。

『とりあえず大丈夫です』

「だ、大丈夫だって！」

住吉に画面を見せる。

「でも、そう書けって脅迫されたのかも……」

住吉は本気で心配しているが、

「でも、ぶたぶたさんはぬいぐるみなんだよ」

そう言うと、彼は思考が停止したように、ぶたぶたの点目よりも魂が抜けた顔になった。彼の想像の及ばない域に達したらしい。

「社長に連絡した方がいいかな？」

「――あっ、いや、今事務所にいるから、行きましょう」

少し意識が戻ってきた。

「あ、助けていただいてありがとうございました。お礼をしたいのですが、連絡先を教えていただけますか？」

住吉は男性に頭を下げて、名刺を渡す。

「大丈夫ですか？」

彼がもう一度声をかけてくれる。

「はい、本当にありがとうございました」

自分のことよりぶたの方が心配だったので、その人のことをよく見ていなかったのだが、住吉があとから言った。

「あの人、どこかで見たことある……」

事務所に帰ると、ぶたぶたからまたメールが入ってきた。

『これから事務所に向かいます。無事ですので、ご心配なく』

「本当に大丈夫なのかな。一人で帰ってこられるのかな」

玲美は心配でたまらない。

「ぶたぶたさんなら大丈夫よ。どうやってメールを打ってると思ってんの？」

真理恵に言われて、そう言われてみればそうだと思う。

「どうやって打ってるんですか？」

「あたしも知らない」

ま、まあ、普通に考えればガラケーかタッチペン使う、ということだろうが
――タッチペンを使っていること自体が不思議だ。あの手で！

「でもなんでもできるのよ、ぶたぶたさんって。玲美、あんたごはん作ってもらった？」

「ええっ!? そんなこと考えもしませんでした！」

「やっぱり……ぶたぶたさん、移動中にお弁当食べてるから、作ってもらってな

いんだな、と思ったわ」

「えっ、あたしが作ってあげるんですか？」

「違うわよ、あんたがぶたぶたさんに作ってもらってないってこと。そうすれば、ぶたぶたさんも自分で食べられるでしょっ」

食べる……あの鼻で？

「ぶたぶたさん、ごはん作れるんですか……？」

「作れるわよ、超おいしいわよ！」

「早く教えてくださいよ！」

「そこら辺どうするかはっきり決めてなかったからねえ。お頼みしたのはボディガードとしてだし」

澄ました顔で真理恵は言う。

「とにかく何もなくてよかったわ。襲ってきたのって、やっぱりあのストーカーなのかしらね？」

「わからないです……」

握手会で手をずっと握られたりはあったけれども、直接襲われたのは初めてだった。

「顔は憶《おぼ》えてる？」

「帽子を目深《まぶか》にかぶってて、マスクしてました」

服装などは憶えているが、顔はまったくわからない。

「そうかー。助けてくれた人がもしかしたら何か憶えてるかもしれないね。住吉、連絡先、訊いたんでしょ？」

「はい、この方なんですが」

住吉が差し出したメモを見て、真理恵が驚いた顔になる。

夜になってから、玲美を助けてくれた男性が事務所へやってきた。

彼はなんと、真理恵の兄の長男――甥《おい》っ子の飛田壮《そう》だった。

「すごい偶然で、僕もびっくりしました」

あんまり憶えていなかったので改めてよく見ると、さわやかなイケメンだった。

有名私大に通う自慢の甥っ子らしい。

「しかも助けたのが日向れみさんなんて」

「あ、知ってるんだ」

「友だちが好きだって。グラビア見せてもらってますよ。かわいいですね」

お世辞であったとしても、そう言われるのがいまだに慣れないのだが。

「あんたはアイドルになんて興味ないかと思ったわ」

「興味ないわけじゃないよ。でも、彼女が真理恵さんの事務所の人だっていうのは知らなかったな」

「あのー、お会いしたことありましたよね？」

住吉が彼にたずねる。

「前にここへ届け物を頼まれて来たことはありますけど、その時にでしょうか？」

「あ、そうですか。そうでしたかね？」

「よく憶えてなくて……すみません」

玲美も彼の顔に見憶えがない。

「それよりさー、壮、玲美を襲った犯人の顔、憶えてない?」

真理恵が憤慨しながら言う。

「いや、はっきりとは……」

「なんでもいいから、特徴とかない? 顔だけじゃなくて——」

「ああー、あの、後ろ向いて走っていく時、ここにほくろがありました」

と壮はうなじを指でトントンと叩く。

「なるほど」

「警察には届けたの?」

「ううん。おおごとにはしたくないし、ちょっとしたものを盗られただけだからね」

「でも、大事なものだったんでしょ? ずいぶん気にしてましたよね、日向さん?」

「はい……」

すごく心細くなった。

「あの辺、探したんですけど、見つからなくて……すみません」

彼は申し訳なさそうな顔になる。

「いえ……」

「それとも、もう見つかりましたか？」

「見つかりましたよ」

その声に、壮の表情が固まった。

「ここにいます」

バーンと引き戸を開けて会議室へ入ってきたのは、もちろんぶたぶただ。

「えっ⁉」

いきなりのことに、壮は目を丸くする。そりゃそうだろう。バレーボール大のかわいいぶたのぬいぐるみが、自力で歩いて戸を開けて入ってきたら。

たとえ、ストーカーでなくても。

「この人も来てますよ」

ぶたぶたの後ろから、さっき玲美を襲った男と同じ服装の人物が現れた。

「あっ、お前……！」

壮の形相《ぎょうそう》が変わった。

「彼から全部話は聞きました。トーリさん」

ぶたぶたの目間には厳しいシワが刻まれている。

「あの服装、やっぱり――！」

住吉が思い出したように声をあげる。

「あんた、ライブにいつもいるだろう？」

壮を指さして言う。

「え、そんな、行ったことない……」

「いや、俺、見たことある。あの男と同じ服装のあんたを。おんなじようにマスクして、メガネもしてたけど！」

「それは俺じゃなくて、こいつだろ⁉」

壮がぶたぶたの後ろで小さくなっている男を指さす。

「背格好は似てるけど、歩き方とか仕草が違う。ちょっと怪しかったから憶えてる」

きっぱりと住吉が言う。ちゃんと見てくれてるんだ。

「この人、全部白状したんですよ、あなたが計画して、玲美さんを襲ったこと」

「嘘だ！　そんなこと嘘だ！」

彼はさわやかなイケメンの仮面をかなぐり捨てて、ぶたぶた（の声）に反論する。

「ごめん、盗ったぬいぐるみがしゃべりだすとは思わなくて、腰抜かしちゃって……」

ボソボソと男が言う。

「何やってんだよ！」

「で、でも、なんか訊かれるとついしゃべっちゃうんだよ、説得上手というかなんというか――」

なるほど、あの点目に見つめられると、いろいろなことをしゃべりたくなるのもわかる。

「うるさいっ、ヘマしやがって！」

「壮！」

舞台仕込みの真理恵の一喝が響き渡る。全員がビクッとして動きを止める。

「答えなさい。あんたはうちの玲美にストーカーしていた〝トーリ〟なの？」

黙ったまま、壮は視線をそらす。と、そこにはぶたぶたの厳しい点目があった。そこからも目をそらすと、玲美と目が合った。自分はどんな目をして彼を見ていたのだろう？

玲美は、ただただ、あきれていた。

それがわかったのだろうか。壮はひとこと言った。

「……はい」

壮は、真理恵の自宅のパソコンを不正に使用していたのだ。遠隔操作とかそういうのではなく、「犬の散歩をする」という理由で留守中に侵入して。

パソコンの履歴はきれいに消していたし、真理恵はパソコンにくわしいわけではないから、まったく気づかれなかったのだ。彼女の信頼を大いに利用した上に、バイト代までもらっていた。そりゃ事務所の社長のパソコンに侵入できたら、なんでもわかるはずだ。

ただし、玲美のこと以外に関心はなかったようで、ぶたぶたの正体が知られなかったのは幸いだった。

真理恵は兄夫婦とともに玲美に土下座をしてくれた。そこまでしなくても、とにかく、もう二度と姿を見せないようにしてもらいたい、と言った。

襲った時は、元々危害を加えるつもりはなく、何でもいいから私物を盗って、仕掛けられるものなら盗聴器を仕込もうと思っていたらしい。だから、すぐに実行犯の友だちと落ち合うつもりだったが、彼はぶたぶたに捕まってしまったので、連絡が取れなかった。

運よく大切にしているらしいぬいぐるみを盗ることができたから、玲美が、

「取り返してくださったんですね、ありがとうございます！」

と感激してつきあうことになる——と妄想していたらしい。一人で外出する機会をずっと狙っていたのだ。

警察沙汰《ざた》にはもちろんできなかったが、壮も手伝った友だちも大学をやめて、どこか地方へ行ってしまったらしい。真理恵もくわしいことはまだ語りたくないらしいが、「そのうちちゃんと話す」と約束してくれた。

ということで、ぶたぶたのボディガードの仕事はもう終わりだ。

最後の日の夜、ぶたぶたと夕ごはんを作って、一緒に食べた。

豚の角煮と煮玉子、いわしのつみれ汁、手作りトマトドレッシングのサラダ。ちぐはぐなメニューだが、これは玲美が大好物だった母の手料理だ。憶えている限りのレシピを伝えて、二人で作ったら（玲美は脇《わき》で彼の魔法のような手際を呆《ぼう》然《ぜん》と見ている時間の方が長かったが）、かなり似た味になって、食べながらちょっと涙が出た。

デザートのびわのコンポートだけはぶたぶたが作ってくれた。

「このびわのコンポート、うずらの玉子みたいでかわいい！」

「近所でもらった小さいものなんで、甘めのシロップで煮ました」

小ぶりのびわには独特の渋みも残っていて、甘いけれど大人の味でもある。

「うーん、おいしい！　ぶたぶたさん、ボディガードなんてもったいないよ！　料理人やれば？」

「いやあ、元々そういうもんなんですが」

「え？」

「実はわたしの本来の仕事は、ベビーシッターで——」

え、それで、社長の友だちの娘を見てたってこと？

「ボディガードではなく？」

「はい。でも、最近はその流れで家政夫もやるようになりまして」

「……それは、いろいろとお世話をおかけしました」

「でも、ベビーシッターも結局はボディガードみたいなものですし」

しかし、自分が「ベビー」と思うとちょっと複雑、だが——。

こんなおいしい夕食を一緒に食べられたから、まあいいか、と玲美は思った。

ロージー

その日、津川菫《つがわすみれ》はとても疲れていた。

いろいろがんばった自分へのご褒美として、なじみのエステサロン〝ロージー〟へやってきたのだが、施術《せじゅつ》中に寝てしまい、気がつくと部屋に一人だった。

『帰らなくちゃ……』

と思ったが、身体《からだ》がだるい。具合が悪いわけではなく、気力が足りないのはわかっていた。起きたばかりで脱力しているのもある。ただしばらくぼんやりと横になっていたかった。何もせず、いつまでもこうしていたかった。

施術後はいつもこんな感じではあるのだが、今日は特に疲れていた。

でも、なんであたし疲れてるんだろう……。

確かに仕事は忙しい。でも、やりたかった仕事だし、それに全力で取り組んでいる。ちゃんとお金ももらえている。こうやってエステに通えるくらいには。

なのに、どうしていつも、妙な焦燥感《しょうそうかん》や不安ばかり抱《かか》えているんだろう……?

『あー、このまま死んじゃいたい……』

そう思った時、声が聞こえた。

「ダメですよ、死んじゃ!」

すごくいい声だった。そっちの方にびっくりした。

え、あたし、声出してた? 起き上がって周りを見ようと思ったが、やっぱりだるくて起きられない。

「とにかく、ゆっくり休んでください」

また声がした。優しい声だ。心配してくれているみたい。

「ありがとう……。でも、最近眠れなくて」

時間を作ってここに来るのは、施術のあとによく眠れるからだ。その日の夜も身体がリラックスして寝つきもいい。だが、仕事を始めるとまたガチガチに緊張してしまう。

そんなことを、寝転んだまま口に出していた。

「不眠症ですか?」

「そこまでじゃないです。でも、寝つきが悪いのが気になります……」

「眠れない時は無理しないで。そのうち眠れるって思えば大丈夫だから」

そういうものなんだろうか——と考えているうちに、再び眠りに落ちた。


次に気がついた時は、頭がだいぶすっきりしていた。着替えて控室に戻ると、

「だいぶぐっすり眠ってたみたいですね」

とロージーのオーナー、田中琴乃《たなかことの》に言われた。

「すみません、また爆睡《ばくすい》してしまって……」

「それもちゃんと時間に入ってますから。さあ、お茶をどうぞ」

香り豊かなハーブティーを振る舞われる。

ロージーは少し変わったエステサロンだ。オーナーの琴乃は元々有名大手のエステティシャンだったが、結婚を機に退職した。だが、腕がことのほかよかった

ようで、常連から「ぜひ続けてほしい」と要望があり、子供が生まれてから、このマンションの一室で〝ロージー〟を始めたそうだ。

このサロンは、紹介してもらった人だけが利用できる特別な空間だった。会員は女性のみで予約も一日に多くて二人。基本的には一人ずつしか施術をしない。会員はわずかながら増えているらしいが、オープン当初からほとんど変わっていないという。

菫も、会員である森崎真子《もりさきまこ》に紹介してもらった。彼女は会社勤めしていた頃の先輩だ。若いのに出世頭の一人で、バリバリのキャリアウーマンである。琴乃とは、小学校からの幼なじみだという。家族ぐるみのつきあいで、ほとんど姉妹のように育ったらしい。

「すっきりしましたか？」

琴乃が柔《やわ》らかい声でたずねる。ちょっとふっくらほんわかした印象だが、それは丸顔だからで、実際は仕事に育児にとパワフルな毎日を送っている人だ。そして、その手は「ゴッドハンド」と呼ばれるほど繊細かつ的確に身体をほぐし、老廃物を揉《も》み出す。

「はい、とっても。いい夢も見ました」

「まあ、どんな夢？」

菫は問われるまま、とてもいい声に誘われて悩みを吐き出してしまったことを答えた。

琴乃は少し考えこんで、

「その人って、どんな声だったんですか？」

と言った。

「落ち着いた中年男性って感じで――とても優しい声でした」

「それはいい夢を見ましたね」

彼女はそう言ってにっこり笑った。

ロージーの料金は、実は格安だ。琴乃が一人でできる範囲でしかやらないと決めているらしい。お弟子さんはいるようだが、施術は必ず彼女本人だ。エステテイシャンとして働いていた頃や、結婚してサロンを開くまでの間にいろいろ資格も取ったという。学校に通《かよ》って、マッサージ師の免許まで取ったのだ。

基本は全身美容なのだが、身体の不調などにも直結しているので、必然的に悩みやストレスの原因などを話さざるを得《え》ない。

琴乃は口が固く、カウンセラーとしても優秀だった。そして何より、天性の聞き上手なのだ。他のエステサロンは知らないが、菫はもう別のところに行きたいとは思っていない。

すごく家庭的な雰囲気なので、会員同士もお互いの紹介で仲良く会ったりしていた。琴乃の施術に癒《い》やされ、気のおけない友人もでき、彼女らと語り合うのは、想像以上にリフレッシュできる。

たいていの会員は、施術後、あるいは施術中から眠ってしまうという。自分だけかと思っていたら、そうではなかった。

「『むしろ眠ってほしい』って琴乃は言ってたよ」

久しぶりに会った真子が言う。おしゃれなカフェでお茶を飲んでいた。

「ほんと気持ちいいですよね、あれ」

「あたしもいつも一時間は寝ちゃう」

真子は午前中半休を取り、ロージーに行って、昼寝をしてから会社へ向かうそうだ。

「身体がほぐれてるから、時間が短くても熟睡感が違うんだよね。仕事がはかどるよ～」

活力がみなぎっている口調に、相変わらず感心してしまう。菫は、真子を見ていて「あ、会社でやってくの、無理」と思った口だ。だいぶ改善されたとはいえ、元いた会社はやはり男性中心で、それをかわしつつ仕事もバッチリやるなんてこと、この人にしかできない、と思ったので。

真面目《まじめ》だったので補佐としてはみんなから重宝《ちょうほう》されたが、何しろリーダーシップに欠けていた。一人でコツコツやるのが好きだったのだ。

そんなことを話すと、

「いやいや、一人だけでがんばれる菫ちゃんの方がすごいから！」

と言われる。

菫の今の仕事は、イラストも描けるライターだ。出版社主催の公募で本を出せた。しかもそれがちょっと売れたのだ。仕事が増えてきたので、会社を辞めた。二十代の後半に差し掛かって、辞めるなら今だと思い切ったのだ。

我ながらラッキーだと思っているが、これがいつまで続くのかと考えると毎日不安でたまらない。今のところ、来年いっぱいまで仕事は埋まっているけれども。

「ストレスがたまったら、琴乃んとこですっきりすればいいのよ」

半年前、会社を辞めた少しあとに会った時も、真子は同じようなことを言っていた。その時の菫は、自分ではまったくわからなかったが、かなりひどい状態だったらしい。

自分では粛々《しゅくしゅく》と仕事をしているだけだったのだが、実際はわからないことばかりで、とっちらかっていたことにも気づいていなかった。慣れていないからペースもわからず、立てた予定どおりに進まないとパニックを起こし、睡眠もまともに取れなくて記憶も曖昧《あいまい》になっていたのに、平気なふりをしていた。

電話やメールなどで連絡は取っていたが、家にひきこもっていたので誰も気づかなかったようだ。だが食料品の買い出しの時、真子と偶然会い、その足でロージーにひっぱっていかれた。

「菫ちゃん、ひどい顔してるよ！」

と言われて、自分の予約を譲り、その時の料金もおごってくれた。

琴乃はガチガチに緊張していた菫の全身の筋肉を揉みほぐしてくれた。痛みはなかった。だってさするだけで力が抜けていく。強張《こわば》りがどんどんなくなっていくのだ。

そのあとはロージーというサロン名のとおり、バラのエッセンシャルオイルを使ったアロママッサージ。香りと温かさに、全身が溶けるようにリラックスしていくのがわかった。以来、真子と琴乃には足を向けて寝られない。

「でもそんなに具合悪そうに見えたのなら、病院に連れていくとか思わなかったんですか？」

「あー、考えてみればそうなんだけど、その時はあまりの変わりように動転してたから、まずロージー！　って思っちゃって。自分がこれから行くところだったからねー」

ロージーに行くと、身体が軽くなる。身体が軽くなると、思考にも余裕が出てくる。心と身体はつながっているのだ。

琴乃やロージーを通じて知り合った新しい友だちと楽しく話したり相談しているうちに自分のペースをつかめるようになり、菫はだいぶ楽になった。

だが、この間の〝夢〟のことで、一つだけ気になることがある。それを真子に言うべきかどうか、今迷っていた。

「あの、真子さん」

「何？」

「実は、ロージーでこういうことがあったんですけど――」

やはり言うべきだろう、と思って、菫はあの声のことを話した。すると、真子は驚いたような顔をする。

「ねえ、菫ちゃん……」

「なんですか？」

「うーん、あたしも、話そうか話すまいか悩んでたんだけど」

真子も何か気になることがあったのか。

「あたしね……実は、いつもぬいぐるみ持ち歩いてるんだよね」

は？

「……知ってますけど」

「えっ!?」

真子は、美人でちょっとキツめのキャリアウーマンという容貌《ようぼう》なのだが、実はかわいいものが大好きで、バッグの中にはいつも小さなぬいぐるみを持ち歩いている――というのは周知のことだと思っていたが。ちょくちょくバッグの中から見え隠れしていたし。

「やだー、バレてないと思ってたー！」

そういうちょっと抜けているというか、ギャップのあるところが彼女の魅力だ。

見た目よりもずっと天然で、だからこそバリバリの男社会の中で上に行くことができたのだ。超打たれ強くて、超さっぱりしている。そういう点が男性からモテるかは微妙なところではある。でも、そんなに気にしていない――ように見える。

「じゃあ、普通に話すよ。ロージーで、そのぬいぐるみを枕元に置いて寝てたら、その子がしゃべりだしたんだよね……」

「しゃべりだした!?」

「そう。あたし、家で寝る前にはその子たちにいろいろと話しかけるの。そうしてると眠くなるからね。だから、エステで寝てる時も、一緒にいる子を置いてるの。で、誰もいなくなったら話しかける時もあったんだけど……この間、返事があったんだよ！」

「……どんな声だったんですか？」

「男の人！　うちの子は男の子だから、想像よりもちょっと老けてたかなあ」

もしかして同じ声かも、と思う。あれからもう一度ロージーに行ったけれど、その時は夢を見なかった。

「それって……あの、不審者じゃないですよね？」

あとから考えて、少し怖くなったのだ。声にはそんなこと一つも感じなかった。むしろ、もう一度話ができたらな、と思ったくらいだ。それは最近彼氏もいないから、優しい男性の声に飢えているだけかしら……。

怖いのは、状況だ。いるはずのない男性の声が聞こえる状況。

「いやいや、そんなことないでしょ？　だってあの琴乃が不審者の侵入を許すはずないよ！　そんな余地だってないでしょ!?」

セキュリティがしっかりしているのもロージーの売りの一つなのだ。秘密厳守、男子禁制。たまに心が女性の人デーがあるらしいが。

「そうですよね。え、でもそれじゃ……声だけ？」

ってそっちの方が怖いじゃないか！

「いや、怖いものじゃなくてさ、あたしが思うにね」

する必要などないのに、真子は声を潜める。

「〝ジェントル・ゴースト〟なんじゃないかと思うの」

「ジェントル・ゴーす――って、結局幽霊じゃないですか！」

「『ジェントル』ってついてるでしょ!? 優しいのよ! 不審者より怖くないと思わない?」

「まあ、実際に声は優しい」

「でしょ!?」

「でも……ロージーの場所が古いお屋敷とかならわかるけど」

セキュリティと防音はしっかりしているけれど、ごく普通のマンションだ。新しくも古くもない。有閑マダムが相手のサロンならば格式も大切だろうが、そんな気取りは必要ない。

あそこに来るのはキャリアウーマンや共働きの主婦など、仕事や家業や家事、子育てなどをいっしょうけんめいやっている人ばかりなのだ。本当に疲れを癒やすところなのである。

琴乃自身がその代表かもしれない。エステティシャンは重労働だ。マッサージの時は、いつも息を切らしているし。体力も必要な上に、若い頃からだろうが、今でも仕事に生かせそうな資格の勉強を熱心にやっているらしい。

「幽霊が琴乃の手伝いでもしてくれているのかもしれない」

「うーん、そう考えると、あまり怖くないかも」

彼女が頼んだら、「しょうがないなあ」と手伝ってくれそうだ。たとえ声掛けだけだとしても。

「でもそれ、ただの憶測《おくそく》ですよね？」

「そうね。絶対当たってないね、多分」

絶対なのか多分なのか、どっちだ。

「それか、ほんとに真子さんのぬいぐるみがしゃべったか」

「やだあ、もっと若い声のはずなのよお」

本当に残念そうに言う。

「琴乃は気づいてるかな？」

「さあ……？」

熱心なあまり、気づかないというのもありそうだ。

「琴乃の助けになってればいいよね」

真子は少し冷《さ》めた紅茶をゆっくり飲んでから言う。

「だって、あたしたちは彼女に癒やしてもらえるけど、彼女はどうすんの？」

そうか……。琴乃の癒やしは、いったいなんなんだろうか。

そんなことを考えていたら、琴乃が入院したと真子から電話が来た。

「メールが来てると思うけど――」

真子はとてもあわてていた。いつもの元気が声にない。

あわてて携帯電話を見ると、「しばらくロージーをお休みします」とメールが来ていた。

「病気？　それとも怪我《けが》ですか？」

「婦人科系のものだって。手術するけど、内視鏡でみたい」

「内視鏡だと回復早いですよね――」

ちょっとほっとする。

「お見舞い、行きたいけど……行ってもいいんでしょうかね？」

「本人に聞いてみるね。メールに返事できないかもしれないけど……」

最近、遠慮した方がいいとか聞くこともある。大勢で押しかけても迷惑だし。親戚《しんせき》や仕事関係の人なんかには、気をつかって「来なくてもいい」と言われたりする。手みやげにも悩む。食べ物より、本とかの方がいいだろうか。花も最近は病院によっては禁止されているらしいし。

でも琴乃のプライベートは、実は何も知らないのであった。本当はいない間に何か手伝ってあげられるとか、そういうの方がいいのだろうが、そこまで親しくないのが申し訳ない。

その日の夜、また真子から電話があった。少し元気を取り戻していた。

「もう、手術終わってるんだって」

「早いですね！」

「昨日入院して、今日手術して、経過が良ければ一週間しないで退院できるんだって」

「じゃあ、お見舞いも何もないですか……」

「でも、そんな感じで誰も来そうにないから、『来てよ〜』ってさっき言われた。もう退屈してるみたい」

「昨日入院したばっかなんでしょ⁉」

「忙しくしてないと、気がすまない人なんだよね……」

つくづくエネルギーあふれる人だ。タイプは違えど、真子と琴乃はよく似ている。だが、琴乃は倒れてしまった。真子は大丈夫なのか、とちょっと不安になってしまう。彼女は一人暮らしだし。

「明日ちょっと買い物して、それ渡すだけでも行ってみようと思ってるの。一緒に行く？」

「はい」

「本が欲しいって言ってたんだけど、あたしは疎《うと》いから、菫ちゃん選んで」

「琴乃さんの趣味はなんですか？」

「海外のミステリーなんだって」

施術中、仕事の愚痴《ぐち》とかをこっちが一方的に話していたから——。そんな話もできるなんて知らなかったなー。

次の日、待ち合わせをして、二人でショッピングモールへ買い物に行った。

「食事制限もないみたいだから、日持ちするお菓子も買おう」

こういうのは真子の方が得意だ。

「花はどうなんですか？」

「花はやっぱり持ち込み禁止なんだって。病院に電話して聞いた」

昔はお見舞いの定番だったのに。花屋が病院の一階に入っているのを見たことがある。

「焼き菓子が好きなのよね、琴乃」

真子が選んだ店のお菓子があまりにもおいしそうだったので、自分でも買ってしまった。

本屋ではちょっとマニアックな海外ミステリーをチョイスした。最近のものしか読んでいないらしいので、復刊された古めのものを選択。入院期間が短そうだから、二冊だけ。

ランチを食べて、病院へ向かう。

「最近は病室じゃなく病棟にロビーみたいなのがあって、そこで話したりするんだよね。歩ける人は、なんだろうけど」

「そうなんですか。最近お見舞いなんて行かないから知らなかった……」

周りの人間は、みんな丈夫だ。それはありがたいことだが。

受付ではちゃんと名前と人数を書いて、見舞い用のプレートを首からぶら下げる。その時、菫の携帯が震《ふる》えた。

「あっ、仕事の電話だ――」

「じゃあ、外で電話してきなよ。あたし、外来のところで待ってるから」

と真子に言われ、受付の人に会釈をして、外へ出た。

少しややこしいことを訊《き》かれて、思ったよりも時間がかかる。

「ええ、うーんと、そこは――」

悩んでいると、駐車場の方から花束が歩いてきた。え、花束？

中ぐらいのバラの花束が、地面スレスレなところを移動している。まるで歩いているとしか思えないようにかすかに揺れながら。

「……何？」

『え、どうしました、津川さん？』

「えーと……あとでまたかけ直していいですか？」

そう言って、とりあえず切った。真子を待たせるのも悪いし、あの花束も気になる。ラジコン？　ラジコンならもっと速い？

しばらく花束を見つめていると、そのまま菫の前を通りすぎていく。上から見ると、なんだか薄いピンク色のものが後ろにくっついていた。

うわ、かわいいなー、自歩するぬいぐるみ花束電報？

「……んなわきゃない」

自分で自分にツッコんだ。

じゃあ、どういうこと？

後ろ姿の耳の形状と、先っちょがくるんと結ばれたしっぽからするとぶたらしきぬいぐるみは、病院へ入ろうとしていた。両手でぎゅっと花束を抱きしめている。

めっちゃラブリーな後ろ姿だ！　しかもすごく歩きづらそうで、ひづめみたいに濃いピンク色の布を張った足をちょこまか動かしている。でも、あれでは前が見えなくね？

横を向いて、自動ドアを入っていく。顔が——というか前部が花束に埋まっている。はっ、見えないどころか、そもそも見る必要がないのかもしれない。

マジでラジコンロボットかも、と思って追いかけた。

見舞いの受付の前に、その花束は立っていた。

「すみません」

くぐもった男性の声がした。

「はい？」

受付の男性が顔を出す。が、窓口からでは誰も見えないはず。

「下です、下」

外科・内科
診察
面会受
面会時
月~金 午前9
土・日 午前9

「え？」

男性が身を乗り出すと、そこには花束が。

「すみません、お見舞いに来たんですが」

「はあ？」

彼はどこから声がしているのか、とキョロキョロする。菫を見つけて、助けを求めるような顔をした。

「一三〇三号室の田中さんのお見舞いに来たんですが」

え、それって……琴乃さん？

「あれ、あなたもそうでしたよね？」

彼は、花束ではなく、菫にたずねてきた。そう訊かれると知らんぷりはできない。

「あ、はい、そうです……」

おそるおそる近づいてみる。花束がこちらを向いた。シュールな絵柄だ。受付の人が、

「えーと……花束はあなたのですか？」

と訊くが、

「違います」

ていうか、しゃべってる声が全然違うっていうのわかってると思うのだが。花束の声は男性なのだ。しかもおじさん。これは花束にスピーカーでも仕込んであるって認識でいいの？

「でも、あなたしかいませんよね？」

まあ、対外的にはそうだ。声については聞き間違いと考えるかもしれない。

「申し訳ないんですけど、花はお断りしているんです」

「ええっ⁉︎――あ、そう、ですよね」

花束から、驚いたような声が聞こえたが、受付の人はそれをガン無視する。

「感染症の恐れがあるものですから。すみませんねえ」

「あー、そうか……」

声がしょんぼりした。よく見ると、すごく見事なバラの花だった。ピンクサテンのような光沢《こうたく》のある花びらで、開きかけの瑞々《みずみず》しい小ぶりなバラだった。花束は小さいけれども、数がたくさんある。

「わかりました、失礼します」

花束はトボトボと踵《きびす》を返し、出入口に向かった。

「待って待って！」

菫は思わず呼び止める。声に聞き憶えがあった。え、でもどうして？　どういうこと？

花束は足を止め、こっちを振り返る。

「その花束、どうするんですか？」

「え？　えーと……持って帰って店に飾りましょうかね？」

「店？」

「わたし、花屋なものですから」

「ああー、花屋さん！」

たまに施術中に花屋さんが出入りしている声が聞こえていた。琴乃こだわりのバラをその店で調達してもらっているそうだ。

「ああ、それ――部屋にいつも飾ってあります」

すごくかわいくて、でも香りは薄くて、刺《とげ》もない（いや、取ってくれているのかも）。名前は――教えてもらったけど忘れてしまった……。長い名前だったような……。

「メールを受け取って、あわてて来たんで、確かめるのを忘れてました。職業上慣れてるはずなのに……。あ、失礼しました」

突然、花束が横にザッと動いた。バラの後ろから、よく似た色のものが出てくる。

「わたし、山崎ぶたぶたと申します」

菫の目は、彼の黒ビーズの目よりも、点になっていただろう。

「今日のところはこれで失礼します」

突き出た鼻をもくもくさせて、山崎ぶたぶたは言った。バレーボールくらいの大きさのぬいぐるみが、片手で重そうな花束を持ち、右側がそっくり返った大きな耳をヒラヒラさせながら。

彼は、やはりぶたのぬいぐるみだった。でも、声はあれと同じ……あの声だった。

「え、でも、せっかくお見舞いに来たのに」

ぬいぐるみに普通にしゃべりかけられたのは、あの〝夢〟のことがあったからだろうか。あの時は、こんなふうにしゃべれたし。でも、声だけだったんだけど……。

「でも、約束もしてませんし、手みやげもないですから」

「なら、わたしたちと一緒に行きません？　もう一人、中で待ってるんですけど」

「え、でも……」

ちょっとためらっている。

「時間ないですか？」

「いえ、大丈夫ですけど」

大丈夫、と言った言葉に、やはりあの声、と確信する。でも、なぜ？　菫とぶたぶたは、しばし見つめ合った。でも、彼は点目なので、果たしてちゃんと視線が合っていたのかはわからない。

「あの、一つ質問してもいいですか？」

「……なんでしょう？」

「あたしに……声かけてくれましたよね？」

彼はしばらく沈黙していたが、

「ああ、やっぱりあなたでしたか」

と言った。

「わかりませんでした？　あたしは声でわかりましたけど――」

「いや、わたしもあなたの声しか聞いてないんです。ドアからのぞいても、ベッドの下の方しか見えませんでしたから」

ああ……まあ、そうだよな。

「あの時は廊下で花を活けてて」

どうやって？　ひづめのような手をわさわさ動かしているが、あんな手（？）で花バサミなど持てるのだろうか……花瓶も持てるのか、水かぶったら全部吸うだろうに……。

「そしたら、あなたが『このまま死んじゃいたい』とか言ってるのが聞こえたんで」

彼の声に、はっとなる。

「とっさにあんなこと言っちゃったんです。心配だったから」

「そうだったんですか……。あ、ありがとうございます」

「いえいえ。出すぎたことしたな、と思っていました」

二人でお辞儀をしあう。

「あ、でも、真子――森崎さんにも何か言ってあげてませんでしたか？」

「それは……琴乃さんに頼まれたんです」

「どうして？」

「断ったんですけどねえ」

彼の目間に困ったようなシワが寄った。

「なんで琴乃さんはそんなこと頼んだんですか？」

「……ちょっとわたしからは言いにくいです……」

「じゃあ、琴乃さんに訊いてみます」

ちょっと気まずい空気が流れたが、

「では、花束を車に置いてきますね」

車で来たのか。

「あ、誰か待たせてるんですか？」

「いえ、花束置いてくるだけです」

ん？　連れはいないということ？　それで車？　どういうこと？

ちょっと怖いので、考えるのをやめた。

「外来のところで待ってます」

「遅かったら、行っちゃってかまいませんので」

そう言って彼は、自動ドアを出て、タタタッと走っていった。やっぱり超ラブリーだった。


真子はイライラして待っているかと思いきや、

「あたしにも仕事のメールが来てて、今やっと返信した」

時間を気にすることなく、のんびりと待っていた。

「あの、琴乃さんのお友だちと入口のとこで会ったので、一緒に行きませんかって誘いました」

「あー、いいよ。エステの会員の人？」

「いえ、出入りのお花屋さんですって。今、お見舞いに持ってきた花を車に置いてくるって」

「あー、花屋さんだったら花贈りたいよねー」

そのうち、玄関から小さなぬいぐるみがトコトコとやってくる。

隣で真子が声なき叫びをあげ、なぜか自分のバッグの中を確かめている。いや、その子よりは大きいはず。

　そしてぶたぶたが菫たちの前で立ち止まった。

「お待たせしました」

「あああ～！」

　真子はあわてて口をおさえる。ここは病院だと忘れていたらしい。

「菫ちゃん――あたし、この声聞いたことあるよ」

　耳に食いつかんばかりにささやかれた。

「あたしもです」

　ぶたぶたはきょとんとした顔のまま、じっと待っていた。

「お邪魔して申し訳ありません。山崎ぶたぶたといいます」

　真子はすごく小さな声で「ひゃー」と言ったが、

「こちらこそよろしくお願いします」

　とすぐにキリッとした挨拶《あいさつ》を返した。あとで訊いたら、

「だって病院で騒いだら悪いし」

と言っていたけど、元々ぬいぐるみ大好きな人だからなあ。

そのあと、エレベーターの中ですれ違った人たちが、ぶたぶたを見てギョッとしたり二度見したり全然気づかなかったり——をくり返しながら、病棟に上がった。

あ、そういえばちゃんとプレートを首にかけている。あの受付の人、無視してたけどどうにかして認めさせたのか……。

「ぶたぶたさんは、琴乃とのおつきあいは古いんですか?」

すごいな。真子の落ち着きは驚異的だった。

「ロージーをオープンされてからのつきあいです。飾るバラの種類にこだわりがあったので、探してたらうちの店に行き当たったようですよ」

さっきの花束のバラの他にも二、三種類を常時飾っているらしい。基本的に琴乃が活けるが、ぶたぶたがやる場合もある——という話を、真子はなぜ「ふんふん」とうなずけるのか。

「それから、うちの下の娘と琴乃さんの娘さんが同じ幼稚園なので」

しかしこれにはさすがの真子も立ち止まった。もちろん菫も。後ろを歩いてきた看護師さんとぶつかりそうになり、ぶたぶたが蹴飛《けと》ばされそうになった。

「あっ、すみません！」

また歩き出す。というか、もう琴乃の病室だった。

「琴乃……？」

なんとか立ち直った真子が、のぞきこんで声をかけると、

「あっ、いらっしゃい。どうぞ入って」

二人部屋で、隣のベッドの患者は不在だった。

「よく来てくれて——あっ、ぶたぶたさんも！　ありがとう！」

思ったよりもずっと元気そうだ。よかった。

「おみやげですー」

本と焼き菓子を渡す。

「ありがとう。あっ、これ読みたかった！」

「そうですか、よかったー」

「これ、面白いですよね」

ぶたぶたが本の表紙を見て、言う。

「ぶたぶたさんも知ってる？」

「知ってますよ。読み始めると止まらない」

「わー、楽しみー」

よかった。ぶたぶたのおみやげみたいになった。

「ごめんね、ここ花がダメって知らなくて、持ってきたんだけど止められちゃった」

「えっ、そうなの!? どうして？」

「感染症の原因になるからだって」

「えー、楽しみにしてたのに」

琴乃は本当に残念そうだった。

「あ、そうだ。ごめんなさい、突然休むことになってしまって――」

「そんなこと！ 琴乃さんが謝る必要ないですよ！」

菫は恐縮してしまう。

「会員さんからたくさん心配メールいただいたの。でも、予定通り一週間もしないうちに退院できそうだし、お見舞いは断っちゃった」

「退院してからすぐに働くつもり？」

真子が心配そうに言う。

「お医者さんがいいって言ったらね」

「少し休んだ方がいいよ。無理しないで」

「無理はしてないよ」

「そういうのが一番信用できない」

幼なじみらしい鋭いツッコミに琴乃は苦笑する。

「そう言う真子はどうなの？」

笑顔のままで、琴乃は言う。真子は、一瞬絶句した。

「あたしは大丈夫だよ……」

「そう？　あたしのとこに来ても、なかなか眠れなかったでしょう？」

真子は、いったん口を開きかけたが、閉じてしまう。

「……今は眠れるよ」

しばらくして、そう答えた。

「菫さんは？」

いきなり話を振られて、驚く。

「あたしも――」

そういえば、ぶたぶたと話をしてから、寝つきがよくなった気がする。あの声は、確かに落ち着く。

「大丈夫です。よく眠れます」

「そう。それはよかったわ」

琴乃は微笑むと、真子に向かって言った。

「ペースはちょっと落とすつもりだよ。娘にも淋《さび》しい思いさせちゃうからね」

「そうだよ。琴乃はあたしたちを癒やしてくれるけど、琴乃自身はどうなの？ちゃんとストレス解消してる？」

「してるよー。ていうか、いつも癒やされてるよ」

　琴乃はフフフッと笑ってぶたぶたを見た。彼はベッドのへりにちょこんと腰かけていた。彼がおみやげとしか思えない。点目は何を考えているか（というか、どこを見てるのかも）わからないけれど、その姿はとても愛らしい。

「田中さんはいつもそんなこと言ってるけど、無理してるんじゃありませんか？」

　ぶたぶたが言う。

「してないしてない。だって、あたしにはぶたぶたさんがいるもの」

　満面の笑顔で琴乃は言う。

「ぶたぶたさんに癒やされない人なんている？　特に声！」

「え、声ですか？」

　思わず訊いてしまう。

「そうよ、声よ。すてきでしょう、ぶたぶたさんの声は。わかってるでしょ、真子？」

「……うん、わかった。何ヶ月も聞いてきたからね」

「何ヶ月！」

菫は思わず言ってしまう。ということは、あたしのは——。

「たまたまだったんです」

とぶたぶたがこそっと言った。真子の方が、先だったのか。でもそれなら、声だけじゃなく、本人（？）に会わせた方が……だって真子は——。

「でもその……確かにいい声だけど、ルックスより、なのかな？」

真子が言葉を選んでたずねる。

「そうよ！」

言い切った！　いや、どう見ても外見のインパクトには負けるだろう？

「本気なんですか、琴乃さん……」

「本気よ。ぶたぶたさんの声は、世界一すてきって思ってる」

非常に得意そうだ。

「菫ちゃん、わかった」

真子が耳打ちをする。

「琴乃にもちゃんと癒やしがあったって」

「そろそろ失礼しますよ」

ぶたぶたが言った。

「えー」

琴乃は非常に残念そうだ。

「あ、じゃあ、あたしたちも」

「あ、わたしのことはおかまいなく」

「いえ、長居するのはやっぱりよくないし、琴乃もちゃんと休まなくちゃね」

真子の言葉に、彼女は渋々うなずいた。

「退院したら、連絡してね」

「わかった。今日はありがとう、真子、菫さん。ぶたぶたさんも」

「退院したら、すぐにバラをロージーに持っていきます」

「うれしい。楽しみにしてます！」

病院から出ると、ぶたぶたは、

「車でどこかご希望の場所にお送りしましょうか？」

「えっ、車⁉」

病院の外だからって真子が大声をあげる。

「あ、この近くでお茶して帰りますから」

菫がとっさに答える。実際、喉《のど》が渇《かわ》いた。お茶したい。

「そうですか。じゃあ、また」

ぶたぶたはペコリとお辞儀をして去っていった。駐車場を早足で歩く後ろ姿を堪能《たんのう》する。やっぱり何をしてもラブリーだ……。

そのまま二人で突っ立ったまま、ぶたぶたが本当に車に乗り込み、どうやっているのかそのまま走り去るまで見送った。クラクションまで「ピッ」って鳴らしてくれた。

「菫ちゃん」

「なんですか？」

「あたしは、琴乃に頼りきってたよ」

琴乃は優しい。ロージーに来る人がみんな心安らかになってほしいと望んでいるのだ。ロージーは、彼女の生きがいであり、情熱でもある。

「ぶたぶたさんは、琴乃だけの癒やしだったのに――」

真子は琴乃にとって、姉妹も同然の存在だったから、とりわけ心配でたまらなかったのだろう。自分の癒やしを、真子にも与えたかった。精神的な支えを、少しでも増やしてあげたかったのだ。

たったひとこと、彼に「大丈夫」と言ってもらえただけで気持ちが楽になった菫は、そう思った。

声だけでも絶大なのだから、姿も現していたらもっとすごい癒やしになっていたのでは。でもまあ、琴乃のおすすめはとにかく声で――「世界一」とか言われたら、ぶたぶたも自己申告しづらかろう……。

「琴乃に頼りすぎない方法ってあるのかね……」

真子はそう言ってうなっていたが、菫にとっての問題は、ぶたぶたに頼りたい、いや、単に「会いたい」と思う気持ちがむくむく湧《わ》いてきたことかもしれない。だって、ロージー出入りの花屋なら、前に連絡先を教えてもらったことある！　連絡したことなかったけど、これからいつでもあの声が聞けるし、お店に行けば会えるのだ！

それに、今日のことを考えるとすごくうれしくなる。特にあの点目！　しっぽ！　後ろ姿！　花に埋まった鼻！

家に帰ってから、菫は思い出す限り、ぶたぶたのイラストを描いた。何枚も何枚も。楽しくて時間を忘れた。

ああ、こういうのって久しぶりだ――。デビューしてから、こんなにのびのび絵が描けただろうか。自分のための絵を描かないと、やっぱりダメなんだ。

その夜は、ロージーに行かなくてもぐっすり眠れた。ぶたぶたの夢は見なかった。いつか見るためには、もっと会わないといけないのだろうか。

いばら屋敷

のどかは、その日も一人で家を出た。

小さなリュックサックには、水のペットボトルと残しておいたスナック菓子と食べかけの菓子パン。フェルトで作られたボロボロの人形も入っている。

外に出て、思いっきりのびをする。今日はいい天気でよかった。ほっとしながら裏山を登る。

両手両足を使って、けもの道を登る。最近、毎日のどかが登るので、少し道ができてきたように思う。一応目印を憶《おぼ》えているつもりだけど、いつなくなるかわからない。いったいどんな動物がここを通っていくんだろう。

十分くらいたつと、突然あたりが開けた。そして、花の香りがし始める。

どんなに苦しいと思っても、のどかはこの瞬間が好きだった。それに、ここまで来れば、目的地はすぐそこだ。

青い空の下に、色とりどりの花が咲いていた。赤、白、黄色、紫——花びらは形が様々で、香りもみんな違う。こんなにいい匂《にお》いの花があることを、のどかは初めて知った。

咲き乱れる花の脇《わき》をしばらく歩くと、目的地に到着する。のどかはそこを「いばら屋敷」と呼んでいた。

この山に囲まれた小さな村へ来る前、図書館で読んだ絵本の中に、いばらが固まって繭《まゆ》のようになったところに住んでいるうさぎの話があった。どんなに怖《こわ》いきつねに追われても、そこへ逃げ込めば大丈夫なのだ。なぜなら、いばらの刺《とげ》は鋭くて、小さなうさぎならば入れるけれど、きつねには無理だから。

だからのどかは、それとそっくりの繁《しげ》みを見つけた時、住もう、と思ったのだ。

実際、入るのには苦労した。いばらは実際には一本の木で、枝が地面につくほど生《お》い茂っているだけで、のどかの侵入も拒《こば》んでいるようだった。刺も当然痛い。

それでも、のどかはあきらめなかった。邪魔《じゃま》な石をどかしたり、少し地面を掘ったりして、小さなスペースを作り、むりやり木の根本に入った。

もちろん刺で傷を作ったり、服がやぶけたりしたが、何度もくり返すうちに上手に入れるようになった。

木の根本はのどかが身体《からだ》を丸めて横になれるくらいのスペースしかなかったが、下の地面はふかふかして、寝心地《ねごこち》は悪くなかった。雨が降っても濡《ぬ》れないし、日もさえぎって涼《すず》しい。

何より、とてもいい香りがするのだ。花の香りだけじゃない。風が吹くと他の木々の匂いがすーっと通り抜けていく。土の匂いに包まれて寝転んでいると、安心できた。

のどかはいつもここで、おやつを食べたり、持ち込んだバスタオルにくるまって眠っていた。

そして、自分はこの鉄壁《てっぺき》ないばら屋敷を所有《しょゆう》するちょっと偉《えら》そうなうさぎになった気分になるのだ。

のどかがいばら屋敷でかなりの時間を過ごすようになった頃、ふと目を覚ますと、不思議なものが視界に入った。

それは、小さなぶたのぬいぐるみだった。薄いピンク色で、バレーボールくらいの大きさ。黒ビーズの点目に、右側がそっくり返った大きな耳。突き出た鼻がとてもかわいい。

こんな子、持ってきたかな、とのどかは思ったが、すぐに持ってないな、と思い直す。のどかの今のところの一番の友だちは、今抱《かか》えているフェルトさんだけだ。家にもぬいぐるみや人形はいくつかあるが、いつのまにかなくなっていたり、また気まぐれに増えたりする。いつも持っているのは、昔お母さんが作ってくれたフェルトさんにはそうなってほしくないからだった。

なんでこんなところにこの子はいるんだろう、と思ったら、

「こんにちは」

と声がした。え、何？　男の人の声だ。一瞬怖かったが、ちょっとお父さんに似てる、と思った。

「こっちだよ、ぶたのぬいぐるみがしゃべってるんだよ」

キョロキョロしていたのどかの首の動きが止まる。ぶたのぬいぐるみは、さっき同じ場所に立っている。

「ほんと？」

おそるおそる訊《き》いてみると、

「ほんとだよ。名前はなんていうの？」

と返ってきた。鼻の先がもくもく動いた！　すごい！　ほんとにしゃべった！

「三浦《みうら》のどかだよ」

「のどかちゃん。いい名前だね」

そう言った時のぬいぐるみの顔は笑っているように見えた。声も笑顔も優《やさ》しそうだ。

「ありがとう。ぬいぐるみさんはなんていうの？」

「山崎ぶたぶたです」

「ぶたぶた！　すごい、そのまんまだね！」

「そうだね。のどかちゃん、いくつ？」

「五歳だよ。もうすぐ六歳になるの」

「そうなんだ」

ぶたぶたは、とことことのどかのすぐ近くまで歩いてきた。

「飛ばないの？」

「え？」

「妖精《ようせい》さんなんでしょ？」

ぶたの妖精ってちょっと変かもだけど、妖精さんにあこがれていたのどかは絶対にそうだと思ったのだ。

「うーん、この距離だと飛ぶより歩く方が早いからね」

「そっか！」

納得《なっとく》。

「のどかちゃんはここで何してたの？」

「寝てたの」

「どうしてここで？　おうちは？」

「おうちはあるよ！」

「どうしておうちで寝ないの？」

「……今、いられないから……」

「なんで？」

「お母さんがいちゃダメって言うから」

「……そうなんだ」

「あ、座る？」

のどかは、バスタオルの脇をポンポンと叩《たた》いた。ぶたぶたはそこにちょこんと座る。手足の先が濃いピンク色だ。しっぽが縛《しば》ってあって、とにかくかわいかった。でも、声がおじさんってなんか変ー。でも面白いー。

「いつもここにいるの？」

「うん。おうちにいられない時はね」

「昼間？」

「今日はね、お客さん来てるから。夜の方が多いかなー」

ぶたぶたの顔が、ぶんっと音がするくらいこっちに向いた。突き出た鼻がすぐ近くにあった。

「夜にここにいるのっ？」

鼻がもくもく動いてのどかの鼻にぶつかりそう。くすぐったい。

「いつもじゃないよー。お母さんとおじちゃんが出かけた時はおうちにいるよ」

夜中に帰ってくると、とてもお酒臭《くさ》い。

「え、出かけない時にここに来るの？」

「うん。おじちゃんが『うるさい』って言うから……」

それを言われた時のことを思い出すと、ちょっと泣きそうになる。でも「うるさい」っていうのはのどかが泣くからなのだ。

「おじちゃんって……お父さんなの？」

「ううん。お父さんとはずっと会ってない。おじちゃんのこと『パパ』って呼べってお母さんは言うけど、のどか言えないんだー」

ぶたぶたは黙《だま》ってしまった。じっとしていると、本当にぬいぐるみみたいに見える。

「ねえ、ぶたぶたはどこから来たの？　妖精の国？」

「あ、妖精の国っていうか……ここがどこだか、のどかちゃんはわかってる？」

「どこって？」

「どうやってここまで来たの？」

「うちの周《まわ》りを歩《ある》ってたらね、うさぎがいたの。うさぎを追いかけて裏の山に登ったら、ここに来たんだよ。花がいっぱい咲いてて、きれいだよね」

「そうかー、山登ってきたんだ。大変だったでしょう？」

「うーん、でももう慣れたよ」

「慣れた」って言うのって、大人っぽいな、とのどかは思うのだ。

「ここは、バラ園なんだよ。バラの花ばっかりのお花畑だね」

「そうなんだ！　いい匂いはバラってお花なんだね」

「そうだよ。バラ作ってるおじさん見たことない？　背が高くてすごくやせてて、髪の毛が白い色の黒い人」

いばら屋敷の中から人が歩いているのを見たかも。

「あ……」

「なんか怖い顔した人？」

「そうそう！」

「怖い人なの？」

「うーん、本当は優しいけど、見た目は怖いかなあ」

「そうなんだー。でも、その人がバラ作ってるの？」

「そう。すごくきれいで珍しい花を作れる人なんだよ」

「へー、すごい！」

「たくさんバラの花があるから蜂《はち》も来るけど、刺されてない？」

「ううん、刺されてないよ」

のどかは袖《そで》をまくったり、レギンスを引き上げたりしたが、蜂に刺されたあとはない。

「あざがいっぱいあるね……」

「うん。……お母さんがつねるんだー」

　そういうことは本当は言ってはいけない、とのどかは子供ながらわかっていたが、ぶたぶたは妖精なので、隠していてもきっとわかってしまうんだろう、と思っていた。こういう不思議な存在には、何も隠さない方がすてきなことが起こるって絵本を読むと書いてあるし。

「ここにはいつから住んでるの？」

「ここ？　あっ、名前つけたんだよ。『いばら屋敷』っていうの！」

「ああー……なるほど。うさぎが住んでるところだね」

「ぶたぶたも絵本知ってる⁉」

「いや、僕はアニメで……そうか、原作あるんだ……」

　ぶたぶたは、鼻をぷにぷに押している。のどかも押したくなったが、痛かったらかわいそうだな、と思う。

「何？」

「なんでもないよ。そうそう、いつからこのいばら屋敷に住んでるの？」

「うーんと、七月十日にお引っ越ししたの。八月になった頃に、ここ見つけた」

「八月……もうお盆も過ぎたけど……」

「おぼん?」

おぼんってお皿みたいなものでしょ?

「あっ」

その時、遠くの方からチャイムの音が聞こえた。

「あれって、五時の音でしょ?」

「そうだね」

「そろそろ帰ろうかな」

「時間なの?」

「時間ていうか……」

五時を過ぎると、お母さんとおじちゃんが出かけることが多いので。リュックにぶらさげた文字盤の割れた時計も、五時を指《さ》していた。

「のどか、もう時計がわかるし、ひらがなも全部読めるんだよ」

「そうなんだ、すごいね。誰に教わったの？」

「お父さんがちょっと教えてくれて、あとは図書館の本。あ、お母さんとおじちゃんは今日、お友だちと出かけるって言ってたから、もうおうちにいないかもしれない」

「鍵《かぎ》かけられてない？」

「ううん。いつもかかってないの。おじちゃんが『平気だ』って言うから」

「鍵かかってないおうちに夜一人でいるの!?」

「うん」

「怖い思いしてない!?」

「……おじちゃんがいる時の方が怖いかな」

「どうして？」

「なんかおっきい声出すし……お母さん、ぶったりするし」

「のどかちゃんはおじちゃんにぶたれないの？」

「うん……」

でも、足で押しのけられたり、いきなり突き飛ばされたりする時があった。のどかはそれをうまく説明することができない。

「帰るね」

「あ、送ってくよ」

「ほんと？」

下《くだ》りのけもの道はちょっと不安なので、うれしかった。

いばら屋敷を出て、山の斜面を下る。

「だいぶ険《けわ》しいね……」

「うん」

けわしいってなんだかよくわからないけど、多分こういう坂のこと言うんだろうな。たまに座って下りないと危ないところもある。ぶたぶたはさすが妖精さんだけあって、ぴょんっと飛び降りる。羽は見えないだけなのかもしれない。

「ここだよ」

山を抜けると、すぐにのどかが住んでいる家がある。家の中は真っ暗に見えた。

もうお母さんたちは出かけたようだ。

「ボロボロだね……」

「そうだよね。ボロいよね」

「鍵、壊《こわ》れてるじゃん……。なんで修理しないの？」

「知らなーい。お金ないって言ってたけど」

壊れてるんだ。パーッとぶたぶたは直してくれないのか。

「ぶたぶたってなんの妖精なの？」

「えっ!?」

鍵を直したりする妖精じゃないみたいだし。

「うーん……えーと、バ、バラの妖精かな？」

「バラ！　ピンクのバラだね？」

「そうだね」

「かわいいねえ〜。お花じゃあ、鍵直せないね」

またまた納得《なっとく》。

「じゃあねえ～」

「あ、ごはんとかは？」

「冷蔵庫に何かあるよ」

多分。まだおやつも残ってるし。

「お風呂とか一人で入れるの？」

「うん」

シャワーなら使える。冷たい時もあるけど、夏なら大丈夫だ。

「バイバイ、またねー」

のどかはぶたぶたに手を振って、家の中に入った。

その夜、お母さんとおじちゃんは帰ってこなかった。次の日のお昼くらいに帰ってきて、夕方まで寝て、また出かけてしまった。

のどかはずっと家にいて、一人でフェルトさんと遊んだり、何十回と読んだ絵本『にんぎょひめ』をまた読んだりしていた。ごはんは冷蔵庫の中の食パンを食べた。

いばら屋敷は安全なところだとのどかは本能的にわかっていたが、一人でいる分には家の中の方が居心地《いごこち》はよかった。山を登るのは、けっこう大変なのだ。服を汚すと、お母さんが怒るし。

おじちゃんと会ってから、お母さんはさらに怒りっぽくなった。前の保育園にまた通いたい。ここって保育園から遠いのかな。

お父さんに会いたいなあ……。

去年ののどかの誕生日――十月に会ってから、電話でも話していない。前は一ヶ月に一度会えたのに。

おじちゃんは怖いから嫌《きら》いだ。けど、前にそう言ったら、お母さんにぶたれたから、もう言えない。

はあっとため息をついて、のどかはまた『にんぎょひめ』を読み始めた。

外で車が停《と》まる音がした。おじちゃんとお母さんが大きな声で話しながら、家に入ってきた。今日はどうするんだろう。もう夕方六時近いけど……。

「おい、ガキ追い出せ」

「えー……」

「早くしろ。邪魔《じゃま》だろ。ガキの泣き声、嫌いなんだよ」

おじちゃんはそう言いながら、乱暴に冷蔵庫のドアを開《あ》け閉めし、食卓の椅子《いす》を蹴《け》飛《と》ばした。もうだいぶ酔っているようだ。

「ほら、のどか、これあげるからどっか行ってて」

お母さんはコンビニのビニール袋からジュースのペットボトルとあんパンを差し出した。

のどかは何も言わずにそれをリュックに入れて、家から出ていこうとする。

「何も言わないんだからなー、生意気な奴《やつ》だよ」

そう言いながら殴る真似《まね》をしたので、のどかはあわてて外に転がり出る。靴は外で履《は》いた。

そしてまた、山を登っていばら屋敷を目指す。口をきかないのは、のどかがにんぎょひめだから、とか、おじちゃんはきつねだから、いばら屋敷には絶対に入れない、と思いながら。

いばら屋敷に着いて、バスタオルの上に座ると、ちょっと涙が出た。泣きながらあんパンを食べ、ジュースを飲んだ。

そのままいつの間にか眠ってしまったらしい。視線を感じて、のどかは目を覚《さ》ます。

またぶたぶたがいた。うわー、こういうのって「しんしゅつきぼつ」って言うんだよね!?

「こんばんは」

「わー、また会えた!」

すごくすごくうれしくて、踊《おど》りたいと思ったけれど狭《せま》くてできない。とっても残念だった。

「今日はね、おみやげがあるんだよ」

そう言って、ぶたぶたは背負った黄色いリュックを降ろした。中から差し出したのは、なんとお弁当箱だった。

「何⁉」

「開けてごらん」

開けると、真ん中にかわいいひよこがいた。周りには、やっぱりひよこの形をしたチーズとブロッコリーとミニトマトの串が何本もあった。

「何これ、かわいい！」

「その前に、のどかちゃん、何か食べて喉《のど》がイガイガしたり、顔とかにぽつぽつができたことある？」

「？　ないよ」

「玉子も？　小麦は……こないだパン食べてたね」

「玉子大好き！　ぽつぽつしたりしないよ」

「果物《くだもの》とかは？　キウイとかマンゴーとか――」

「ううん。バナナはあんまり好きじゃないけど」

「へーっ」

「すっぱい果物の方が好きなんだー」

「桃は？」

「大好き！」

「イガイガはない？」

「ないよ」

「かゆくもならない？」

「うん！」

好き嫌いがないのは、のどかの自慢だった。誰にも言ったことないけど。

「じゃあ、少しずつ食べてね。何か変だったら、すぐに言って」

「うん、わかった」

ひよこはオムライスだった。ケチャップ味、大好き！

「おいしい！」

オムライス、お母さんが作ったのが食べたいな、と思う。お父さんが作ると、すごく大きいんだよねー。

「そりゃよかった。麦茶飲める？」

「うん、好きだよ」

「じゃあ、どうぞ」

甘くない麦茶をごくごく飲んでいたら、ぶたぶたがデザートの桃を差し出した。きれいにむいてあって、とても冷たかった。

「すごーくおいしいね」

桃っていい匂い。バラと同じくらい。

「ぶたぶたも食べないの？」

「いいんだよ、全部のどかちゃんのお弁当だから」

ぬいぐるみだから、食べられないのかも、とのどかは思う。妖精はきっと、花の蜜《みつ》を吸うんだ。バラの蜜ってやっぱり匂いと同じくらい、甘いのかな。

「今日はのどかちゃんにお願いがあるんだ」

「何？」

「僕をのどかちゃんのおうちに連れていってほしいんだ」

「えっ、ほんと？　いいの？」

来てほしいと昨日からずっと思っていたので、のどかから頼もうと思っていたほどだ。

「いいよ」

「わーい、やったー」

「お母さんたちが驚くと大変だから、ぬいぐるみのふりをするね」

「あっ、そうだね。すごいそっくりだもんね！」

抱っこしてみると、ほんとにぬいぐるみにしか見えない。背中に黄色いリュックを背負っていて、とてもかわいい。

「お弁当箱入れる？」

小さいからそれだけでいっぱいになってしまう。

「ううん、ここに置いてけば洗っといてくれるから」

「誰が？」

「それこそ妖精さんが」

そっかー、仲間がちゃんといるんだね。

早朝、のどかはいばら屋敷をあとにした。

険しいけもの道も、全然苦《く》にならなかった。ウキウキだ。これでもう、一人で家にいても淋《さび》しくない！

家の裏で、ぶたぶたを抱っこして、家に入る。

お母さんたちはまだ寝ていた。のどかは居間に自分のふとんを持ってきて、横になる。

「一緒に寝よう」

ぶたぶたは何も言わなかったが、うんうんとうなずいた。人間の家に来ると、しゃべれなくなるのかなあ、とのどかは残念に思う。

しばらくすると、お母さんが起きてきた。

「あ、帰ってたの？」

「あー、また気づかなかった」と気づかない……が

「うん」

「あー、頭痛い……」

お母さんはそう言いながら、冷蔵庫から取り出したビール小缶を一気に空《あ》けた。

「あー、またゴミ出しすんの忘れちゃったー。田舎って出すのめんどくさくてムカつくー」

そんなことをぶつぶつつぶやきながら、床に落ちた服を適当に着ていく。

お母さんは、やっぱりぶたぶたに気づかないようだった。のどかはほっとした。

「ごはん、パンでいいよね」

ローテーブルの上に、お母さんが菓子パンをいくつか置く。のどかはそのうちの一つを手に取り、自分で注《つ》いだ牛乳を飲みながら、急いで食べた。

食べ終わりそうな頃、コップが倒れ、ちょっとだけ残っていた牛乳がテーブルにこぼれた。

「何やってんの!?」

のどかの身体がびくっと震《ふる》える。お母さんは最近、こんなふうに大きな声ばか

り出す。

「あーあ、なんであんたはそうなのかなーっ」

何度も「ダメな子だよねー!」と言いながらテーブルを拭《ふ》き、立ち上がる時に二の腕をつねった。

「痛い!」

「当たり前でしょ。お仕置《しお》きだよ。誰が片づけると思ってんのよ」

のどかは泣きそうになるが、そうすると多分おじちゃんが起きるので、必死《ひっし》に我慢《がまん》する。

ぶたぶたをぎゅっと抱きしめると、頭を撫《な》でてくれた。ちょっと涙が引っ込む。

おじちゃんはとにかくうるさいのが嫌いだ。寝ている間は、テレビも見られない。でも、自分のたてる音はどんなにうるさくても平気らしい。

仕方なく、いつものどかは小さな声で人形に話しかけたり、絵本を音読《おんどく》したりして遊ぶのだが、今日は同じくらい小さな声でぶたぶたもしゃべってくれる。

「大丈夫?」

心配そうに声をかけてもらうと、涙がようやく止まった。

「お腹《なか》すいてない？」

「喉渇《かわ》いてない？」

と訊《き》いてくれるし、

「絵本、持ってきたよ」

とリュックの中から小さな絵本を出してくれた。

「新しい絵本だ！」

のどかは小さく小さく歓声《かんせい》を上げる。やっぱり踊りたいけど、おうちでは我慢。手だけヒラヒラしてみると、ぶたぶたも笑った。

新しい絵本を読んでいると、おじちゃんが起きてきた。

「どけ、邪魔」

邪魔にならないようにしていたはずなのに、足で乱暴にどかされて、のどかは倒れてしまう。痛くはなかったけど、こういうことされると怖い。

部屋の隅《すみ》っこで縮《ちぢ》こまって遊んでいると、どうしてだかわからないが、お母さんとおじちゃんが口論《こうろん》を始めた。よくあることだ。二人はしょっちゅうケンカをしている。

のどかは言い争う声が聞きたくなくて、耳をふさいだ。

お母さんが殴《なぐ》られて、悲鳴《ひめい》を上げた。大声で泣き出す。

「ああーっ、うるせえな！」

そう言いながら、あたりかまわずものを蹴飛ばしたり、投げ飛ばしたりする。まるで嵐《あらし》が吹き荒れるようで、早くこれが過ぎ去ってほしい、とのどかはひたすら願う。

ゴミ箱が飛んできて、当たりそうになった時、ぶたぶたが前に出てかばってくれた。あっ、バレちゃう！　と思ったが、二人とも全然こっちを見ていなかった。

おじちゃんとお母さんはすごく大きな声でずっと言い争っている。一時間くらい続くこともある。「ここは村はずれだから、誰も来ない」と言っていて、それは誰も助けてくれないっていうのと同じことだとのどかはわかっていた。

いつものように耳をふさいで身体を丸める。そうしているうちに、ケンカは終わるはず。何か当たるかもしれないし、あとでお母さんに八つ当たりされるかもしれないけど……。

その時、突然玄関のドアがガンガン叩かれた。

「何やってんだ、うるせえぞ！」

お母さんとおじちゃんがはっと動きを止めた。

「開けろ！」

外から男の人の声が聞こえた。おじちゃんと同じくらい怖そうな声だった。

「かんけーねーだろ！」

「何言ってやがる、お前が連れてる子供はなんなんだよ！」

「なんなの⁉」

お母さんが金切り声をあげた。おじちゃんが外に出る。

外でおじちゃんと男の人が怒鳴り合いを始めた。見たことある人だ。ぶたぶたが言ってたバラ園の人？　でも、なんで？

お母さんも外に飛び出す。のどかはずっと耳をふさいでいたが、ちょっとはず

した時、

「警察に突き出すぞ！」

「おお、上等だ、連れてけ！」

そんなようなことが聞こえた。どっちがどれを言ったのかはもう、よくわから
なかった。

そのまま車のエンジンの音が聞こえて、静かになった。

「……お母さんとおじさんは、誰かとどこかに行っちゃったみたいだね」

ぶたぶたが言う。

「そうなの……？」

「うん。外には誰もいないみたいだよ」

窓の外を見ながら言う。のどかも見た。車がないから、二人で出かけたんだろ
う。

のどかはほっとため息をついた。

「お水飲む？」

ぶたぶたは台所の椅子を動かして、水道から水を汲んでくれた。すごくおいしかった。

「びっくりしたよね。ちょっと休めば？」

「うん……」

ぶたぶたが、隅に片づけてあったのどかのふとんを敷《し》いてくれた。フェルトさんを抱いて横になると、すぐに眠ってしまった。

目を覚ますと、もうお昼過ぎ――というか、三時だった。さっき朝だったのに……。

まだ二人は帰っていない。

「のどかちゃん、ごはん作ったよ。食べる？」

「えっ⁉」

ローテーブルの上には、スパゲティとスープがあった。

「おいしそう！」

「玉子と牛乳とチーズのスパゲティね。カルボナーラ風」

「かるぼーら？」

「カルボナーラ。じゃないんだけどね」

「聞いたことあるかもしれない。いただきまーす！」

スパゲティはすごくおいしかった。なんだか昔食べたことある気がした。

「ファミレスで食べたかも！」

「そうかもね」

「お母さんが作ってくれたのかも」

前は普通に作ってくれたのに――あのおじちゃんに会ってから、全然作ってくれなくなった。

スープは野菜がたくさん入っていて、大好きなコンソメ味だった。

「ぶたぶたは食べないの？」

「もう食べたよ」

「人間と同じもの食べるの？」

「バラの妖精だから、バラ食べる？」

のどかが言うと、ぶたぶたはひっくり返って笑った。

「バラの妖精なのに——でも、食べるよ」

「ええっ、ほんと⁉」

「人間だって食べられるよ、バラ」

「嘘《うそ》ーっ！」

そんなの知らない！

「ジャムにしたりして食べるんだよ。ジュースにしてもおいしいよ。すごくいい香りがするよ」

「ひゃあ～」

想像もできなかった。刺があるから、痛そうなのに。さすが妖精さん。

「食べてみたいな」

「いつか食べられるよ、きっとね」

「食べるよー」

ぶたぶたはそう言った。

それから夜まで、ぶたぶたと家の中でかくれんぼをしたり、絵本を読んだり、人形とごっこ遊びをしたりして過ごした。

ぶたぶたはもう一冊新しい絵本をくれたので、うれしいの踊りを見せてあげたら、一緒に踊ってくれた！　耳をヒラヒラさせて踊るのが面白くて、二人で転げまわって笑った。

「そろそろ寝ようかな……」

八時になっても誰も帰ってこないので、ふとんを敷いていると、また玄関のドアが叩《たた》かれた。さっきみたいに乱暴ではなかったが、のどかは身をすくめる。

「のどか！　いるんだろ!?」

でも外からの声にはっとなる。嘘っ!?

「お父さんだよ、開けて、のどか！」

のどかは玄関に走っていって、ドアを開けた。お父さんが立っていた。

「お父さん！」

お父さんの腕の中に飛び込むと、ぎゅっと抱きしめられた。

「のどか、のどか――」

お父さんはそう言うばかりで、しかも泣いていた。

「お父さん、どこにいたの？」

ずっと会えなくて、悲しかった。

「ごめん、もうどこにも行かないよ。一緒に帰ろう」

「うん！」

「すぐに帰ろう。持っていきたいものだけ持って」

のどかはいつものリュックにもらったばかりの絵本とボロボロの『にんぎょひめ』とフェルトさんを入れた。

「あ、ぶたぶた――！」

一緒に、と思って呼んだが、ぶたぶたは出てこなかった。テーブルの上にいつの間にかメモが一枚載っていた。

『よかったね』

と書かれていたそれだけ、のどかはリュックに入れ、お父さんに手を引かれて、家を出た。

二ヶ月ほどたって、のどかの父・三浦が、再びいばら屋敷のあるバラ園へやってきた。

三浦は、娘が夜に逃げ込んでいたといういばらの繁《しげ》みを見て、また涙をこぼした。こんな——猫も丸まらないといられないくらい狭い場所で、娘は夜一人で過ごしていたのか。

バラ園の持ち主は石坪《いしつぼ》という男だ。あまり村人とつきあいがなく、変人として知られている。だが三浦にとっては、のどかを取り戻すきっかけをもたらしてくれた恩人だった。

「このたびは、なんとお礼を言ったらいいか——」

「いや、俺は何もしてないし」

とぶっきらぼうに言うが、元妻とその愛人の男を警察に連れていってくれた人なのだ。そしてそこで、のどかに対する二人の虐待を記録した動画を公開してくれた。

「児童相談所にも通報してくれたんでしょう？」

「したけどさ、あいつら忙しすぎて全然動けないんだもん。警察にも相談したけど、ここらはちょっとズブズブなんだよね。あの男の方が、地主の家系だからさ――」

石坪によれば、しばらく空き家だった例の家にこの夏突然、男が女性と子供を連れて引っ越してきたという。家の持ち主が身内だったそうだ。

「で、なんか証拠があればってことを言うわけだよ。だから、あの動画を使ったの」

三浦もその動画を見た。元妻がのどかをつねっている、あるいは男がのどかを足で押しのけているというのはわかるけれど、「しつけだ」とか言い張られるとどっちに転ぶかわからない、という微妙なものであった。こちらとしてはどう見ても暴力なのだが。

「長いこと撮《と》ってれば、もっとひどい虐待《ぎゃくたい》も撮れたと思うよ。けど、これだけだってかわいそうじゃん。俺、見た時腹立ってさあ」

三浦としても、それ以上のものなど見たくもなかった。どうして元妻は、こんな女になってしまったのだろう。一年前まではちゃんと働き、面会の約束も守ってくれていたのに。

例の男のせいであることは確かだったが、ある意味、そいつの自爆でのどかを取り戻せたとも言える。

男は、数日前に遊びに来た友人がカメラを仕込んだと思ったのだ。文句を言うため飲み屋に呼び出したその友人を殴り、大暴れしたあげく包丁を振り回し、止めようとした店の人と元妻にも怪我《けが》をさせてしまった。

怪我は軽かったが、怯《おび》えて精神的に不安定になった元妻は、両親に引き取られていった。以来、のどかは三浦の実家で暮らしている。親権の移動も近々成立するはずだ。

「奴は前科があったんで、もうしばらく出てこないよ。都会で借金作って帰ってきたみたいだから、さすがに身内ももうかばいきれないみたいだね」

「でも、本当にその友人が動画を撮ってくれたんでしょうか。だとすれば、その人にもお礼を言うべきではないかと……」

と三浦は言った。

「ああ、まあそれは気にしないでいいよ」

「いや、そういうわけには――」

「そいつが撮ったとは限らないよ？　ビデオカメラもなかったみたいだし」

「え、誰か別の人が撮ったんですか？」

「そうかもしれないけど、そうじゃないかもしれない。でも、お礼を言う必要は、俺はないと思うよ」

何かを知っているようだが、石坪は言う気はないらしい。

「ただカメラを設置しただけだったら、ああいうものは撮れないと思うし、俺はメールで動画を受け取ってるんだけどね」

そうなのだ。動画は、据え置きされたカメラではなく、手持ちで撮影しているように見えた。しかもちゃんと被写体《ひしゃたい》を追っている。リアルタイムで撮影者がコントロールしているように見えるのだ。誰かが家に入り込んで、こっそりスマホなどで撮っているような――。

それに、ああいう虐待をしてすぐに動画が石坪の元へ行ったらしいし……すべて又聞きなので、三浦にもよくわからないのだが。

しかし、石坪はそれ以上、何も言わなかった。

「娘さんはどうしてるの？」

「あ、元気です。食欲も出てきて、だいぶ体重も増えました」

やせて汚い服を着ていた娘を思うと、くやしいやら悲しいやらで気持ちは乱れるが、親子でカウンセリングにも行っているし、夜泣きもだいぶ治まった。母親のことはまだうまく話せないようだが、ある日、たまたま小さなぶたのぬいぐるみを買ってあげたら、それと一緒に寝るようになり、かなり落ち着いたのだ。

「のどかは、ここでバラの妖精に会ったって言ってました。いばらの繁み――いばら屋敷で一人でいる時も、一緒にいてくれてさびしくなかったって」

　本当にお礼を言うのは、その妖精かもしれないが、のどかの想像の産物かもしれない、と考えると、別の意味でかわいそうなことをした、と思ってしまう。

「妖精ね。なるほどー。だからあの子を見つけられたんだな」

「どういうことですか？」

「ちょっと見てごらん」

石坪は、かぶっていた帽子をいばらの繁みの中に入れた。

「上から見てみ」

「――何も見えません」

「だろ？　じゃあ、ちょっと視線を低くしてみなよ」

三浦はしゃがみこんだ。

「もっと小さく」

「えっ？」

「赤ん坊が立ったよりも小さくして見てみ」

這《は》いつくばるようにしていばらの繁みをのぞきこむと、ようやく帽子が見えた。

下の方の枝が少しまばらなのだ。上からだと完全に隠れていたのに。

「この繁みはただの野生の育ちすぎたいばらだから、手入れすることもないし、畑からも少し離れてる。妖精さんがいなかったら、あの子は見つからなかったかもしれないな」

「妖精さん……？」

まさか……本当にいるのか？

「まあ、そんなの空想の産物だけどなー」

そう言って、石坪はケラケラと笑った。


次の日は、のどかの誕生日だった。六歳になったのだ。

三浦と彼の両親三人で作ったごちそうと、特注したケーキが並んだ。

のどかはバラ色のほっぺでにこにこ笑っていた。すごく元気になってきている。

「そうだ、のどか。特別なプレゼントがあるよ。乾杯はそれでやろう」

三浦は、昨日石坪からもらった包みを取り出した。

「何それ？」

「バラのジャムと、バラのシロップ。石坪のおじさんとこのバラで作ったんだって。妖精さんからのプレゼント」

「うわー!!」

のどかは文字通り飛び上がって喜んだ。うれしいと娘は昔から喜びの舞《まい》を踊る。それが久しぶりに見られて、三浦の涙腺《るいせん》もゆるんだ。

「バラの妖精さんが、いつか食べられるよって言ってたんだよ！」

のどかは想像力が豊かだが、果たして一人でそんなことまで思うものだろうか。

三浦はまだ半信半疑だったが、とにかく誰か正体の知れない人が娘を助けてくれたのは確かで――のどかはその人に会ったことがあるらしい。

バラのシロップを炭酸水で割って、みんなで乾杯した。甘くてとてもいい香りがする。

バラジャムはケーキに添えてみた。クリームにのせて一口食べると、のどかは、

「いばら屋敷の匂いがする」

と言った。つらい記憶を思い出したのか、と焦ったが、そのまま傍らの黄色い
ぶたのぬいぐるみにケーキを差し出し、

「はい、どうぞー、ぶたぶたー」

と食べさせる真似をする。

そしてすごくうれしそうに、また一口ケーキを食べた。

チョコレートの花束

島木千恵子《しまきちえこ》は、先日の結婚記念日に、夫の福也《ふくや》から美しいチョコレートをもらった。

その日はちょっと特別な記念日だった。銀婚式であり、千恵子の五十歳の誕生日でもあったのだ。

お互いに忘れないように、そしてより特別な日にするために、と選択した日にちだった。もちろん、二人とも忘れたことはない。毎年結婚記念日はお互いに祝い合う。

今年の夫からの贈り物は、チョコレートで作られた繊細《せんさい》なバラの花を五十個詰めた特製のボックスだった。箱を開《あ》けると、色とりどりのバラと周《まわ》りを飾る葉もチョコレートであふれそうになっていた。本当に花束みたいに華やかで、ふたを開けた時「わーっ！」と歓声をあげてしまったほどだ。

夫からこんなかわいいプレゼントをもらったのは、久しぶりだった。喜んでお礼を言う千恵子に対して、夫は、

「チョコだったら、亜由子《あゆこ》とも食べられるし」

と照れたように言ったきりだった。

大学生の娘・亜由子は、甘いものに目がない。一人で食べるより、娘と一緒に食べた方が、確かに楽しいだろう。夫や社会人の息子・隼人《はやと》はそれほど食べないし。

だがその時、千恵子は昔自分が言った言葉を思い出した。

「花束をもらうくらいなら、チョコレートがいい」

あれを、夫は憶《おぼ》えているのか、と思った。

千恵子は、なんとなくそれ以来、ひっかかりを感じていた。

夫は、銀婚式兼誕生日をいろいろ考えてくれていた。近所の行きつけのフレンチレストランを予約してくれたし、チョコレートだけでなく、他のプレゼントも

用意していた。いつもの誕生日と同じ、千恵子リクエストの高価な家電の他、小さなダイヤのネックレスまで！

アクセサリーをもらうことも、結婚後数年以来だった。それ以降は、もっと実用的なものを千恵子が欲しがったから。ただ、今回は隼人と亜由子もお金を少し出したそうなのだが。見立ては娘らしいし。

それにひきかえ、自分はどうだろうか。

夫が酒が好きだからとプレゼントはそればかり。あとは身体《からだ》のためといつも制限しているごちそうを作ってあげるぐらい。

めったに飲めない高級蒸留酒ばかりをあげていると自負している。でも、同じものを選んだこともある（好評だったから）し、そんなに量を飲むことはないから、半年くらいかけてちびちびと楽しんでいる。あとは読書が趣味なので、それ系のプレゼントになるが、最悪は図書カードですませてしまうことも――それでも充分《じゅうぶん》喜ぶのだが。

「おいしいお酒を飲みながら、面白い本を読めれば幸せ」

というのが口癖の人なのだ。今年の誕生日はどうしよう。電子書籍リーダーはもうプレゼントしてしまった。すごく喜んでくれた。

「部屋が本でいっぱいにならない！」

と。

それは、千恵子としてもありがたい。しかし、本にしても読書系のグッズにしても、安上がりで申し訳ないのだ。電子書籍がたくさん買えるギフト券くらいしか思い浮かばない……。

今までとは違う、しかも喜んでくれるものってなんなんだろう……。

「女には花贈っとけ」みたいな乱暴な言い草があるけれども、それだって花より団子の自分みたいな女もいるわけで。

二十代初めの頃までは、

「やっぱり家に花でも飾らないと！」

みたいに思い込んで、よく買ってきたのだが、水をマメに取り替えていても当たり前だが結局枯《か》れてしまう。捨てるのがかわいそうに感じてしまうのだ。

花だって安くない。きれいなものはやはり驚くほど高価なのだ。若い頃はそんなに金銭的に余裕もなかったから、おのずと花代は削《けず》る方向になってしまった。

そして、あの発言だ。

「花束をもらうくらいなら、チョコレートがいい」

割と酔っ払うとそんなことをよく言っていた。花束だってうれしくないわけじゃない。でも、自分の若い頃に海外の高級チョコレートのブームがあり、多分、その時はそれが食べたかったんだろうな、あたし。

そして夫と出会ったのは、友人が友人を誘ったりした飲み会（合コンに近い）だったから、きっと千恵子のこの発言も聞いていたんだろう。

別にそれが悪いと思っているわけでも、後悔して心を痛めているわけでもないのだが、なんとなくひっかかるものがある。夫はあたしに花を贈りたかったんだろうか。それだけではなく、なんかこう、もっと素敵なものを贈り合うような夫婦になりたかったのか？　今回のチョコレートの花束みたいな。

仲が悪くないから別にいいんじゃないか、とは思うが、言わないだけでこっちへの不満を我慢してやしないのか、とちょっと不安になる。

今更だろうけれど、とりあえず、家に花でも飾ろうかしら。

新婚の頃はたまに飾っていたこともあった。若夫婦らしいインテリアというか、居間に花を飾ったり、テーブルセッティングをしたり、食器に凝ったり、というのは一通りやったのだ。しかし、こういうことは子供が生まれるとあまりの時間のなさに省略されていく。ガラスの繊細な食器など、ずっとしまいこんでいて、最近ようやく物置からひっぱり出したところだ。

そういえば昔、夫は飾ってある花をながめて、ニコニコしていたなあ。どんなことを考えて、ながめていたんだろう。

そんなことを考えながら、どこかで花を買おうと歩いていたパート帰り、ふと夫がチョコレートの花束を買った洋菓子店の本店がこの近くにあることを思い出した。

ネットで調べた住所を頼りに、いつもは通らない細い通りへ入ると、その店はすぐに見つかった。

「こんなところにあったんだ」

全然知らなかった。オフィス街の中にある本当に小さな店舗だった。ケーキの陳列ケースくらいしか間口がない。でも、とてもかわいい店だ。

そういえば、デパ地下にも店があるとチラシに書いてあった。夫の職場からではこの本店は遠いので、彼はデパートの方で買ったのかもしれない。

チョコレートもあったけれど、ケーキと比べると少ない。ケーキにもバラをかたどったものがあった。バラがこの店の売りなのだろうか。

ケーキは割とお手頃価格だったが、チョコレートは高かった。ちょっとびっくりするほど。

奮発《ふんぱつ》してくれたんだー。もっと大事に食べればよかった。おいしいからって、ほとんど亜由子と二人ですぐに食べてしまった。けど、賞味期限もけっこう早かったからなあ。

ケーキを買おうかどうしようか店の外で迷い、結局やめた。会社にも近いから、いつでも来られるし。

というか、最初の目的を思い出したのだ。花を買おうとしていたはず。もちろん、自宅近くで買うつもりだったのだが、

「あっ」

なんと洋菓子店の隣に花屋が入っているのを発見してしまった。

こちらも、洋菓子店と同じくらい小さなお店だった。中にはこぢんまりとした花の冷蔵ケースはあるものの、その前にちょっと大きめなテーブルを置くだけでいっぱい、というくらいの狭さだった。これでは人が一人入ったらというか、店員さんしかいられないではないか。

とはいえ、誰もいない。不用心だな、とつい中をのぞいてしまう。

「いらっしゃいませ」

しかし、声がした。中年男性の声だ。なんだろう、スピーカーでもあるのかな。千恵子は店の中に足を踏み入れ、上を見上げる。けど、聞こえてきたのは前からだったはず。

声がした方向を見たらば、そこにはぶたのぬいぐるみが置いてあった。薄いピ

ンク色で、大きさはバレーボールくらい。黒ビーズの点目に、突き出た鼻。大きな耳の右側はそっくり返っている。手足の先は、濃いピンク色のひづめ状の布が貼《は》ってある。

「何かお探しですか？」

ぬいぐるみの鼻先が、もくもくと動いた。おっ、まるで店番しているみたい！なかなか精巧《せいこう》な造りだ。ロボットなのかしら。

ええと、どこに向かってしゃべればいいの？　ちょっと考えた末、ぬいぐるみの鼻に向かい、

「――家にちょっと飾れるものが欲しくて」

と言った。

「うちはほとんどバラばかりなんですが、よろしいですか？」

えっ、そうなの？

花のケースをよく見ると、他の花もあるけれど、圧倒的にバラばかり。すごい、初めてだこんな花屋さん。

「今日のおすすめはそちらのバケツに入っています」

布の手がすっと上がってびっくりするが、つい指差《ゆびさ》された（?）方を見てしまう。バケツの中にはフィルムで包装された小ぶりのバラの花束があった。まだ開きかけなので、税込みでこの値段はお得だ。

「じゃあ、これ二ついただきます」

赤いのと白いのをバケツから取り出す。玄関と居間に生けようかな。

「袋にお入れしましょうか?」

そう言われて、これから電車に乗って帰ることを思い出した。花がつぶれるほど混《こ》んでいないことはわかっているけれど、しおれないかな……。

「持ち歩き時間はどれくらいですか?」

そう訊《き》き直してくれたらしい。鼻がまた動いたから。

「三十分くらいです」

「では、根本の水の容器は、帰ったらすぐにはずしてくださいね。なるべく早く新しい水につけてください」

切った茎《くき》に小さな水の入った容器をつけてくれる。お徳用にまでそんなことしてくれるとは。

――いや、それをあのふかふかな手でやっているってどういうことなの⁉　親切に感動していたけど、その上二つの花束をまとめて、持ちやすいビニール袋に入れてくれた。その手早さに、また感動するというか、あっけにとられる。

これは……ロボットの店番じゃない。でもそれならなんなのか、というのがわからない。

「ありがとうございました」

そう言って、ぺこりと頭を下げる。思わず後ずさると、そのまま店の外に出てしまった。狭い、ほんと狭い！

通りがかった自転車にぶつかりそうになってびっくりする。道の端に移動して店の中をのぞきこんだら、ぬいぐるみの姿は見えなかった。

幻かな……。バラの花束はちゃんと持っているのだけど。

家に帰って、言われたとおりすぐに水の容器をはずし、居間と玄関にバラを飾った。

帰宅した夫がそれを見て、

「花飾るの、珍しいね」

と言った。

「かわいいから、買っちゃった」

……我ながら「らしくない」と思ったが、嘘ではないので言い訳はしなかった。ぬいぐるみの店員？　のことは言わなかった。幻かもしれないから。

夫はしげしげとバラをながめて、こう言った。

「この花、俺の部屋に一つ持っていってもいい？」

「え、いいけど、どうして？」

「なんか匂《にお》いがいいから」

そう言われて、初めてくんくんしてみる。花の香りをこうやって嗅《か》ぐのも久しぶりだな、と思い当たる。

「どっちの方がいい匂いかな？」

玄関のも持ってきて、夫婦で嗅ぎ合う。人に見られたら恥ずかしい。娘がいなくてよかった。

「赤い方より白い方がいい匂いだね」

確かに白いバラの方が甘い香りが強い。赤いバラも香るけれど、薄い感じだ。

「この白い方いい？」

「いいよ」

そう言うと、夫はいそいそ白いバラを持って書斎へ行ってしまった。

誰もいない居間で、赤いバラを見つめる。香りが薄いのは、小さいからだろうか。今度はもっと大きい香りのいいバラを買ってみようかな、と思った。

数日後、バラは枯れてしまった。

当然のことながら、捨てるしかないのだが、やはり少し罪悪感がある。気にすることはないってわかっていても、だ。

バラを捨てたあとにまたあの小さな花屋さんへ行った。というより、のぞいてみた。あの時のことは、本当に幻なのか(変な日本語)と確かめたくなったのだ。花を捨てる罪悪感より気になっていた。

また誰もいない――と思ったら、テーブルの上にぬいぐるみがいた。人一人くらいしか入れない超狭い店内でも、ぬいぐるみサイズならば余裕で動けるらしい。ぴょこぴょこと飛び跳《は》ねているのかと思いきや、実は水を替えたり、花びらや葉の手入れをしたり、包装用のセロファンやリボンを切ったり、床を掃除したり――と、普通のことをしていた。素早くて「軽々」という言葉がぴったりな動き方だった。動いて初めて何をしているかわかるというか――やはり人間とは違う。

動いてるって……自分の目にしたことが信じられない気分であったけれども、動いてるんだもの、しょうがない。

しかも、目が離せない。はっきり言って面白い。

「あ、いらっしゃいませ」

点目がはっと千恵子をとらえた。見つかってしまった。

おそるおそる入っていくと、ぬいぐるみはちょうど小さな籐《とう》カゴの中にブスブスとバラの花を刺し始めたところだった。――と言うと、怖いことをしているようだが、つまりはアレンジメントを作っているらしい。

「……こんにちは」

「先日はお買い上げありがとうございました」

手を止めて、丁寧《ていねい》にお辞儀をしてくれた。ほとんど二つ折りだ。テーブルの上だったので、目の高さが同じだった。

「いえいえ、こちらこそ」

小さな花屋さんの中は、バラと緑の香りでいっぱいだった。この間は、びっくりしていたからか、香りまで嗅ぐ余裕はなかった。

「えーと、枯れてしまったので、また買いに来たんです……」

なんとなくそう言うしかない。「ただのぞきに来ただけです」とは言えない。

「そうですか。ありがとうございます！　でも今日はおすすめの花束が売れてしまいまして――」

ほんとだ、バケツは空《から》っぽだった。小さいけど、お客さんはちゃんと来るらしい……。

「一輪でも買えますか？」

きれいというか「美しい」という形容詞が似合いそうなバラを一輪挿《ざ》しで飾るというのもよさそう。

「もちろんですよ。色とか、形とかのお好みを教えてください」

「形なんてそんなに違うんですか？」

「大輪のものからこの間のような小ぶりなのもありますし、一見バラに見えない一重《ひとえ》のものもあります」

「そんなのがあるんですか！」

バラのことなんて何も知らない。

「これです」

ケースの中の花を指差す。

「香りがすごくいいんですよ」

赤い花びらは、根本が黄色くて、まるで椿《つばき》みたいだった。冷蔵ケースから出して香りを嗅がせてくれる。

「わー、すごくいい匂い！」

花弁から強い香りが立ち上る。甘くて濃厚だ。

「この間買った白いバラもいい匂いしましたけど、もっとさわやかな感じでしたね。こんなに全然違うものなんですか？」

「うーん、そうですね。色の薄めのものはさわやか系で、色が濃いのは甘い系、とわたしは大雑把《おおざっぱ》に分けていたりもするんですが」

「へー、そんなに意識したことなかったです」

というか、あの鼻でよく嗅ぎ分けができるな、と感心した。穴がないみたいに見えるけど。

「他にもいろんな香りがあるんですけどね。たとえば、これとかはとてもフルーティですよ」

上品なピンク色の大輪のバラを差し出してくれる。

「うわっ、なんかおいしそう！」

甘さとさわやかさがミックスされている。本当に果実のような香りだった。

「バニラの香りみたいなのもあります。今、ここにはないですけど」

「うわー、嗅いでみたい！」

バラでバニラって想像つかないな。

「強い香りを好まないお客さまもいらっしゃいますけどね」

「あ、それもそうですね」

体調が悪い時などはつらいだろう。バラなら見ているだけで充分きれいだし。

「でも、お高いんでしょう？　こういう特徴のあるものは」

「そういうわけじゃないですよ。高いものでも一輪からお売りできますし。お高いチョコレートを一粒買っていく人みたいに、バラを一輪買っていくお客さまもいらっしゃいます」

ぬいぐるみの話を聞き、ひとときの贅沢《ぜいたく》を味わうものとして、チョコレートとバラって似ているかも、と思った。ただし、一粒のチョコは食べたらそこで終わりだが、バラだったら何日か楽しめる。でも、何本かあってもほぼ同時に枯れてしまうしなー。どちらがいいとは言えない。

「じゃあ、この一重のと、フルーティなバラを一本ずつください」

鮮烈な色と香りのものと、上品な色と香りのもの。我ながら対照的なセレクトだ。

「自宅用なんで、一緒にくるんでかまいませんよ」

「あ、ありがとうございます」

「あと、ちょっと教えていただきたいんですけど……」

「なんですか？」

「バラの水切りってよく知らなくて」

ちゃんとすれば、もっと保《も》つかもしれない。

「水の中で茎を斜め切りすればいいんですけど、なるべく切れ味のいいハサミでやるのがコツなんです」

ぬいぐるみは、いろいろ教えてくれる。ふかふかな手の先をビニールの筒に入れ、バラの茎を水の中につけて実演までしてくれた。筒は肩まであったけど、それでも濡《ぬ》れそうでハラハラする。

「花バサミって持ってないんですけど……」

「台所用のハサミで充分ですよ」

あ、それならある。

「あとは乾燥しやすい場所に置かないよう気をつければよろしいかと思います。エアコンの風が当たるところを避けたりとか。めんどくさくなければ、毎日切り口を新しくする程度でいいと思いますよ」

と言ってくれた。長保《ながも》ちすれば、それだけ花屋さんで買い求めるのも遅くなるし、ここで買うとは限らないことを考えれば、良心的に教えてくれたと思う。

しかし、さすが商売人だ。なんとなくしゃべっているうちに、なんとバラにいかにも似合いそうな一輪挿しの花瓶をすすめられて、つい買ってしまった。優しそうな声なのに——簡単に口車に乗《の》せられ、なんとなく負けた気分になった千恵子だった。

家に帰ってその花瓶にバラを飾ると、くやしいけれどよく映《は》えた。狭い店内のことをよく思い出すと、飾りつけやレイアウトなどのセンスもいい。アレンジメントのサンプルもみんなかわいらしい。好きな花屋になりつつあった。まだ枯れた花の処分には心が痛むのだが。

夫はまた一輪、書斎に持っていった。どちらにするか、とても悩んでいた。

「香りは赤い方がいいけど、ピンクのはいかにもバラらしくて見てて楽しいよなあ――」

意外だった。彼は彼なりに花にこだわりがあるらしい。興味がないと思っていたのに。

「花、けっこう好きなんだね」

そうたずねると、夫はちょっと驚いたようだった。

「え？　どうだろう……。考えたこともなかったな」

そして、少し考えて、

「割と好きかもしれない。きれいだから。けど、よく知らないな、花のこと」と言った。

「ねえ、あのチョコレートって――花束の代わり?」

ずっと気になっていた疑問を口に出した。

「うん、そうかも。あれもきれいだったからね。デパートで見かけて、いいなと思って頼んだんだ」

「じゃあ、今度の亜由子の誕生日に、花束贈ってあげたら?」

「でも、あの子も君と同じこと言ってたよ」

ええー、と千恵子は声をあげそうになった。

「花よりチョコがいいって?」

「チョコっていうか、なんか使えるものがいいんだって」

千恵子の娘らしく、やはり花より団子なのか。問題は、それを父に言ってしまうことかもしれない。もちろん、千恵子もだ。

彼は、ちゃんとこっちが喜ぶものがわかっているのに。

夫は優しく、とても穏《おだ》やかな人なので、めったに怒らない。今のことも、ニコニコして言っていた。感情を隠せるタイプではないので、多分あまり気にしていない。だからと言って、なんでも言ってしまっていいというわけじゃない、とわかっているのに……。

亜由子がまだ大人になりきっていないということは、夫も重々承知しているだろう。だから、デリカシーのない自分にのみ、ため息が出た。

次の日、平日だったが、就職して一人暮らしをしている息子の隼人がおみやげを片手にふらりと帰ってきた。

「父さんが買ってきたチョコ、おいしかったから」

と差し出したのは、四個入りのバラのチョコレートだった。

「わっ、お兄ちゃん、高かったでしょ!?」

……花より団子娘が言う。知ってるんだ。調べたのかしら。確かにそのとおりなのだが。

「これくらいのみやげ、俺にだって買えるよ」

と隼人は憤慨《ふんがい》したふりをする。

「お父さんは食べるかな？」

「一応とっときなさい」

結局、ほとんど亜由子にあげることになるにしても。

「じゃあ、このピンク色のをとっておこう。あんまり甘くなかったから」

ピンク色はいちご味なのだが、甘さよりも酸味が強く、香りもさわやかなのだ。

「なんでお兄ちゃん、急に買ってきたの？」

「いや、明日休みだから、家で寝ようと思って」

「自分のアパートで寝ればいいでしょう？」

「冷蔵庫空っぽなの見て、なんかやになってさー」

隼人は、本当に父親によく似ている。素直であまり無理をしない。できることはちゃんとするが、限界になった時はあっさりと弱音を吐《は》く。ストレスをうまく発散できるタイプだと思う。その分、あまりガツガツしていなくて、穏やかすぎると女の子にフラれたこともあるみたいだけど。

「ゆっくりしてきなさいよ」

「うん」

とはいえ、明日の夜にはアパートに帰って、休みが終わればまた仕事へ行くだろう。表情は明るい。家に帰ってちょっとホッとできれば、それでいいのだと思う。

隼人は夕食の豆乳鍋《なべ》をモリモリ食べ、デザートにチョコレートを食べた。

「お兄ちゃん、結局自分が食べたいから買ってきたんだよね」

と亜由子が言う。

「えっ、そうかな？」

本気でびっくりしたような顔で、隼人が言う。その表情が本当に父親に似ていた。

「そうだよ。自分じゃあまり買わないくせに、実は甘いもの好きだよね。家にあるものとか、こうやっておみやげを一緒に食べるかするだけだけど」

「言われてみればそうかも……」

神妙《しんみょう》な顔でうなずいたが、

「でも、一人で食べるのって淋《さび》しいな」

とポツリとつぶやく。

「それはなんだかわかるなー」

亜由子も言う。淋しがり屋のこの子が一人暮らしをすることなんか、あるんだろうか。息子は「独り立ちしなきゃ」と自分に言い聞かせるように出ていったけれど。

ふと、隼人も妹と同じくらい、淋しいのかな、と思ったりした。無理をしていないように見えて、無理をしているのかも、と少し心配になる。

でも、「淋しい」と言えるのは、言える人がいるからなのだ。家族の前で言える隼人は大丈夫なのかもしれない。

夫はどうなんだろうか。そっちの方が、千恵子は心配だった。

亜由子の誕生日より先に、夫の誕生日がやってくる。

結局、ギフト券とお酒、というまったく芸のないプレゼントになりそうで、千恵子は少し焦っていた。

この二つでも充分彼が喜ぶことはわかっているが、できればもっと喜ぶものをあげたい。だが、思い浮かばない。仕方なく訊いてみても、

「なんでもいいよ」

としか言わないのだ。

けっこう悩みながら帰り道を急いでいると、またあの花屋の近くまで来てしまった。最近、買わなくてもなんとなく前を通ってしまうのだ。中にぬいぐるみがいるかどうか確かめるだけ。いるとなぜか安心する。

今日はいなかった。ちょっとがっかり——と思ったら、隣の洋菓子店から出てきた。

「あ、こんにちは」

こっちに気づいて、にこやかに声をかけられる。

いまだにどう接したらいいものか判断がつかず、微妙な感じの受け答えになってしまう。話しているとだんだん気にならなくなるのだが、会わないでいるとリセットされてしまうようだ。

「あ、どうも……」

「お菓子、買ったんですか？」

「いいえ、花を届けたんです」

「そうですか」

「ここのバラのチョコレートってご存知ですか？」

「知ってますよ。食べたことあります」

「えっ、ほんとに!?　それはありがとうございます！」

なんでお礼を言われるのかわからないので、

「いえいえ――」

と曖昧《あいまい》な返事をする。

「最近、チョコの花束とバラの花束のセットサービスを始めてみたんです」

「えーっ、それはなんだかすてき！」

「ちょっと見ていきませんか？」

そうぬいぐるみは言うと、洋菓子店の中に入っていった。思わずついていく。

「いらっしゃいま――あ、ぶたぶたさん、どうしたんですか？」

ケースの後ろに立っていた若い男の子が驚きの声をあげる。こちらも驚く。だって、「ぶたぶたさん」って！　何それ、名前なの⁉

「さっき渡した花束とチョコのサンプル、見せてくれる？」

「あ、はい！」

男の子はかがんで、透明なケースに入った花束とチョコレートを差し出した。中には、お互いそっくりなチョコレートとバラの花束が並べて置かれていた。

「わー、きれいー！」

箱入りと花束、と包装は違っていても、全体的に雰囲気がとてもよく似ていた。バラの花の色まで、チョコが忠実に表現している。

「これは女性用です」

「え、じゃあ、男性用のもあるんですか?」

「それはこれからなんですけど、男女別というより色合いと大きさのサンプルでしょうかね。もちろん、カスタム注文というのも承りますよ」

ぬいぐるみ——ぶたぶたが説明する。というか、どうして? 花屋さんなのに。

「あたし、ここのバラの花束チョコもらったことあるんです」

「あっ、そうなんですか! ありがとうございます!」

「すごく大きかったんです」

「あ、大きい方がけっこう出るんですよね」

ん? なんか気になること言われた?

「こんなかわいい花束はついてなかったですけど——」

「これは始まったばかりなんです。バラのチョコと、本物のバラの花束のコラボですね。サンプルはまだ一つしかできてませんけど、バラの色はお好きなものにできるんですよ」

ぶたぶたは、熱心に短い腕(?)を振り上げながら、この商品の魅力を解説している。その様子に、千恵子は再び首を傾《かし》げる。

「……なんか、このお店の関係者みたいですね？」

「あ！」

ビーズの点目が、一瞬もっと点になったように見えた。

「あ、そうでした……。もう関係者とは違うんでした」

「え？」

「わたし、この洋菓子店で以前チョコレートを作ってたんですが」

はああっ⁉　千恵子は驚きすぎて、声が出ない。

「今は独立して、花屋をやってまして」

以前はチョコレートを作ってて……今は花屋。え、そのつながりがわからない。

「……なぜそんな落差が？」

出さないつもりの疑問が、いつの間にか声に乗っていた。

「バラのチョコを作るんで、バラの花を観察し続けていたら、関心がどんどん花に移っていきまして。ついに花屋に転身したんです」

ぶたぶたが、簡潔《かんけつ》に説明してくれた。しかし、余計にわけがわからなくなる。彼が花屋であることをようやく受け入れたばかりだというのに（そして、それに今気づいたばかりだというのに）、この上、元……元なんだ、ショコラティエ？　だったなんて！　花屋以上に受け入れがたい。だって、花屋なら妖精みたいな感じで売るとかなんとかではなく、「お花の世話をする」というファンタジーな受け入れ方もできたのに、チョコを作るって——しかもバラの形の。あのふわふわふかふかな手で！　あたしにもできないことができるって⁉

呆然《ぼうぜん》として何も言えない。でも、かえってよかった。店先で騒いだりしたら、迷惑だもの。

「贈り物などにどうかご利用くださいね」

「よろしくお願いします！」

テキパキとしたスタッフの男の子も声を張り上げる。

「あ、ええと……わかりました」

「正式なパンフレットはまだできあがってないので、チラシをどうぞ」

白い紙に簡単なイラストと説明が書かれたチラシを男の子からもらう。

もう一度、花束とチョコに目をやる。

「あのう――チョコの味も変えられるんですか？」

「あっ、はい。ちょっとお時間かかると思うんで、早めにご予約された方のみになると思うんですが」

男の子が言う。

「そうなんですか……。バラも選べるんですね？」

「もちろんです」

今度はぶたぶただ。

「お好きな花束にできますよ。ネットでも注文できます」

「ネット!?」

「チラシに書いてあるので、ぜひ見てくださいね」

家に帰って、さっそくアクセスしてみると――どうもあのぶたぶたの花屋さんは、ネットでの注文の方に力を入れているようだった。とても見やすく、注文の流れもわかりやすく、そしてとてもリーズナブル。お客さんへの対応も丁寧らしい。

あの働き者のぬいぐるみを見ていれば、この評価も納得だ。

そうか、だからあんまり広い店舗は必要なかったのね……。あの身体だからというより。

そう思って、はっと気づく。あんなに小さいかわいい姿なのに、ぶたぶたの声はおじさんなのだ。そして多分、夫と歳《とし》は大して変わらないはず。想像だけど。

おじさんということは——若い頃なんてのも、あったんだろうか。

まったく頭に浮かばない。そのかわり、夫の若い頃を思い出す。あたしよりもずっとロマンチックでかわいいものが好きだったかもしれない。今ではすっかり、そんな素振りも見せないけれど——それは、別に忘れたわけではないのかもしれない。

ぶたぶたのあまりのギャップをいろいろ考えながら、千恵子は夫の誕生日プレゼントを考え続けた。

誕生日当日、夫とは千恵子の会社近くで待ち合わせをした。自分からの提案だった。プレゼントを家やどこかレストランなどで渡してもよかったのだが、さんざん迷ってこの方法にした。

自分の考えていることは、あまり喜ばれないかもしれない、という気持ちも捨て切れないけれど、これまでそんな気持ちを忘れてきたのだということを言い聞かせた。それは、「喜ばれないかもしれない」という妙な思い込みがあったからにすぎないのだ。独りよがりを恐れるあまり、夫が何を喜ぶのか、よく見ることも怠っていただけ。

一度も失敗したことがないのに失敗を恐れるなんて変だ、とこの歳になってようやく気づいたというところか。

「珍しいね、こんなところで待ち合わせなんて」

「プレゼントを先に渡そうと思って。一緒に取りに行こうよ」

「いいよ」

夫をあの洋菓子店と花屋に案内する。

洋菓子店では、いつぞやの店員の男の子が待っていてくれた。

「お待ちしておりました。こちらの花束でよろしいですか？」

とチョコレートを見せてくれた。真ん中に真紅《しんく》のバラのチョコと、周りにはバラのクッキーに見えるけれど、実は甘くないケークサレが並んでいる。千恵子へのプレゼントよりかなり小さめだが、渋い色合いがとてもシックだ。

千恵子はそれを受け取り、夫に手渡した。

「え？　これ、こないだのチョコ？　ここは？」

「あのチョコレートのお店の本店だよ」

同じ店に頼むのってどうなのかな、と少しだけ悩んだ。でも、彼はチョコをほんの数個しか食べなかったのだ。「見た目で頼んだんだけど、おいしいみたいでよかった」と言っていたくらいだし。

でも、今回はこの店の新しいショコラティエと充分に打ち合わせをした。若い彼は、あまり注文では出ない洋酒入りチョコをはりきって作ってくれた。チョコと洋酒——ウィスキーがお互いを邪魔しないよう、バランスを大切にしたと言っていた。

「甘いものが苦手な方でもおいしく食べられるはずです」

ケークサレも、チョコにもお酒にも合うよう、チーズ風味を大切にした特製品だ。味見もさせてもらった。とてもおいしかったし、あまりにもいい出来だから、今度お店でも売るそうだ。

「すごいなー。俺はデパートのカタログで頼んだだけだったのに」

夫はとても驚いていたが、実はメインはこれじゃないのだ。

「お誕生日おめでとうございます」

後ろから声がかかった。

振り向くと、花束がこっちに向かって歩いてきた。チョコレートの花束と同じ、小ぶりの真紅のバラの周りをベージュとオレンジが合わさった微妙な色——つまり狐色《きつねいろ》の大輪のバラが囲んでいる。真紅のバラがチョコレートで、狐色のがケークサレ。色も雰囲気も、そっくりだった。

「え？　俺に？」

「どうぞ」

夫は、どこからその声が聞こえるのかわからなかったらしい。あたしもそうだった。

彼が屈《かが》んで花束を受け取り、腰を元に戻すと、ぶたぶたが姿を現した。

夫がどんな反応をするのか、千恵子はドキドキしながら見守った。これが誕生日プレゼントのメインと言ってもいい。彼は読書が趣味だが、実は好んで読むのはSFやファンタジーなどなのだ。だから、ぶたぶたのような存在と会うことが、もしかして一番のプレゼントになるかもしれない、と思った。そんなことで花束を渡してほしい、というのは頼みづらかったのだが、

「いいですよ。お届けサービスもしてますし」

とあっさり承知してくれた。

夫は固まったまま、じっとぶたぶたの点目を見つめ続けていた。どう思ってい

るのか、まったくわからない。失敗？　失敗なの？　どうなの？

「バラはお気に召しましたか？」

ぶたぶたが先に口を開いた。実際は開いているのか、見えないからわからないが。

「あ、え……」

夫は受け取った花束をしげしげと見つめた。そして、鼻を近づけ、その香りに顔をほころばせた。

「なんていい匂いだ」

うっとりとそう言う。

「お気に召していただけたようで、うれしいです」

ぶたぶたの声に、夫は我に返ったようだった。

「ぬ、ぬいぐるみ!?」

ようやく気づいたように、驚きの声をあげる。

「何これ、すごい！」

夫が千恵子の顔を見て、そう叫んだ。何がどうすごいのかわからないが、興奮しているのはわかる。おそらく、喜んでもいる――はず。

「チョコレートとバラ、お楽しみくださいね」

ぶたぶたはにっこり笑って、店から出ていこうとした。千恵子の身体から力が抜ける。無意識に力を入れていたようだ。

「あっ、ちょっと待って!」

しかし、意外なことに夫がぶたぶたを呼び止める。

「はい?」

「あの、このバラの名前、教えてください」

まるでぶたぶたが当然それを知っている、というように質問をする。確かに知っている。だって花屋さんだから。でも、夫はそれを知らない。

「ああ、それは――」

ぶたぶたがその質問に丁寧に答えると、夫の顔がパァァッと明るくなった。

「すごい!　このバラ、一度見てみたかったんです!」

狐色のバラを指差してそんなことを言う。

「えっ⁉」

千恵子が声をあげてしまう。

妻のそんな様子にも気づかず、夫はぶたぶたにバラについて質問を続ける。店員さんもあっけに取られている。

二人の熱心なおしゃべりは、他のお客さんの来店によって、終わりを告げた。ぶたぶたは隣の花屋へ戻っていく。

その小さな背中を見送ってから、夫は千恵子に振り向き、

「ねえ、あのぬいぐるみって幻? 他の人にも見えてた?」

と小さな声で言った。顔がものすごく真剣だった。


種明かしをするとがっかりするどころか、結局隣の花屋でぶたぶたとしばらく話し込んでいた。

二人の話を聞いていて、初めて夫がバラを昔から好きだということを知った。

「好きなら好きって言えばよかったのに」

帰りの電車の中で、千恵子は言った。

「別に、一人で画像見たり、たまに道端に咲いてる花の匂いが嗅げれば、それで満足だったんだ。自分のために花を買うって発想もなかったって、今日気づいた。花は女の人に贈るものって思い込んでたんだな。よくよく考えたら、花屋さんには男性も多いのに」

ぶたぶたのように。見た目はかわいく小さいけれど。

「花束なんてもらったことなかったけど、もらうとこんなにうれしいなんて、知らなかったよ～」

ほっとくと花束をぎゅっと抱きしめそうだ。

夫は、妻や娘に花束を贈りたかったのではなく、自分が欲しかったのだ。

「多分、自分で自分に贈っても、うれしいんだと思うよ」

「今まで気づいてあげられなくて、ごめんね」

「えー、謝ることなんかないよ。俺も気づかなかったからね。思い込みっていうか、歳を取ると発想の転換なんて、なかなかできないものだよ」

そう言って、夫は笑った。

「それに、花が飾ってあっても、自分で世話しようとも思ってなかったんだから。ほんと、思い込みってすごいな」

夫は自分が抱《かか》えたバラと、千恵子の持つチョコを見比べた。

「この間、君の誕生日に買ったチョコって、あのぬいぐるみさんが作ったものなんだろ?」

「そうだよ」

時期的にはおそらくそうだろう、と本人も言っていた。ほぼ最後の仕事だったらしい。

「あんなにきれいで精巧で、立派なものが作れる腕があるのに、すぱっと花屋に転身しちゃうなんて、すごいな。それこそ、変な思い込みなんて、ない人なんだろうな」

でも、千恵子からすれば、ぶたぶたのことをこんなに短時間で受け入れられた夫の方が、ずっとすごいと思う。一緒に暮らして二十五年にもなるというのに、人ってわからないものなんだなあ。

「あ、そうだ」

肝心なことを忘れていた。朝起きた時には言ったけれども、プレゼントを渡す時には言っていなかった。

「お誕生日、おめでとう」

そう改めて言うと、彼は、

「こちらこそ、いいプレゼントをありがとう」

とにっこり笑った。

BLUE ROSE

そのぬいぐるみを持っていると、願いが叶《かな》う。

そんな噂《うわさ》がネットで流れ出したのは、いつ頃なのだろう。

そんなに昔ではないと思うし、そのことに言及《げんきゅう》している書き込みも見かけた気がするのだが――どちらにしても、高見唯《たかみゆい》は忘れてしまっていた。誰が言ったのか、どこで言われていたのかなんて、もう関係ないのだけれども。とにかくそう聞いた、ということには変わりない。

一年前、唯はそのぬいぐるみ――ネットショップ「ブルーローズ」オリジナルのテディベアのSサイズを購入した。御利益《ごりやく》が一番あると言われていたものだ。そこで売られているテディベアは、デザインは同じだが、大きさと色、素材を組み合わせてオーダーメイドできる。瞳《ひとみ》のボタンは持ち込みも可能だ。

巨大匿名《とくめい》掲示板をうろうろしている時にその店の存在を知った唯は、試《ため》しに店のトップページへ飛んでみた。そこに貼《は》ってあった画像こそ、店オリジナルのテディベア〝ブルーローズ〟だった。細《こま》かい青いバラを散らしたコットンの生地《きじ》で作られた身体《からだ》、小さな黒ビーズボタンの瞳、クマにしては短めの手足と突き出た鼻――ちょっと間抜《まぬ》けな顔をしていたが、それは多分《たぶん》目が離れ過ぎているからだ。デザイン的には、クマとぶたの中間くらいのぬいぐるみだった。だが、その表情はとてもかわいらしく、目を奪《うば》われた。

だが、その時はすぐに購入しようとは思わなかった。高価だったし、自分で買うよりもプレゼントされた方がうれしいかな、と思う程度だったのだが――その後、いわゆる「ファンサイト」なるものを見つけて、その考えがだんだん変わってくる。

そのファンサイトには、ブルーローズのテディベアを購入した人が様々な書き込みをしていた。その中で圧倒的に多かったのが、「願いが叶う」というものだったのだ。

ブルーローズのサイトに、そのようなことはひとことも書かれていない。ごく普通のぬいぐるみとして売られているだけだ。だが購入した人曰《いわ》く、「恋人ができた」「結婚できた」「希望の職につけた」「病気が治った」「宝くじが当たった」等々——ブルーローズのテディベアを手に入れてから、いいことが起こったとの報告がたくさん寄せられていたのだ。

ファンサイトの管理人や常連たちは、それらの書き込みをくわしく分析し、大きさ、素材、色などの中でもっとも願いが叶いやすい組み合わせを公開していた。それが、看板商品であるブルーローズオリジナルテディベアのSサイズ——ただし、目のボタンは自分で持ち込んだもの。Sサイズは掌《てのひら》にも乗るくらい小さく、バッグの中に忍ばせておいても場所を取らない。これを肌身《はだみ》離さず持っていれば、願いが叶うと言うのだ。

Sサイズならば、そんなに高価でもないし、試しに買ってみるのもいいかも——唯はそう思い、サイトでさっそく申し込んだ。しかし、困ったのはボタンだ。自分は半端《はんぱ》なボタンなどをとっておくタイプではなかった。だいたい、取れてしまったボタンをつけ直さないことも珍しくない。そのまま服を着なくなって、結局捨てでしまったりするのだ。もったいないと思うけれども、裁縫《さいほう》自体が苦手で……。

適当なボタンが見つからなかったので、少しくたびれて買い換えようと思っていたパジャマのボタンを二つ取って、送ることにした。

そのボタンを入れた封筒に宛名《あてな》を書いている時、それに気づいた。

「ぶたぶた……？」

サイトに書かれていたブルーローズの住所――いや、それは別に普通なのだが、運営責任者の名前がちょっとおかしいのだ。

山崎ぶたぶた。

まあ、ペンネームであることも充分《じゅうぶん》考えられる。ネットショップなんだし。

男なのか女なのかもわからない。

でも、ぶたがクマを作ってる？　何だか笑いがこみあげてくる。まるで童話の世界のようではないか？　メールの返事などでは、とてもぶたが書いているようには見えなかったけれども。

一週間ほどして、テディベアが届いた。

サイトの画像で見るよりも、ずっとかわいらしく、微妙《びみょう》に表情も違う。大量生産ができない手作り、という感じがして、何となくうれしくなる。コットンの手触《てざわ》りもなぜかなつかしい。自分の子供の頃に、こんなぬいぐるみを買ってもらった記憶はなかったけれども。小さなそのテディベアに向かって、唯は手を合わせた。

「どうか、結婚できますように」

三十歳をついこの間超《こ》えたばかりだった。二十代のうちに結婚したいと思ってきたが、大学時代からつきあっている恋人からのプロポーズはまだない。でも、今年こそきっと——。

この小さなぬいぐるみでも叶えられるくらいの、ささやかな願いのはずだった。

テディベアを手に入れたのは、春頃だ。そのあと、いつもの年と変わらないような夏も過ぎた。そして今年もこのまま、何も変わらないのか、と思いかけた初秋《しょしゅう》のある日――。

「別れてほしい」

と突然恋人から切り出された。何の前触《まえぶ》れもなかった。夏休みに一緒に旅行へも行ったのに。

「どうして……!?」

唯は呆然《ぼうぜん》となりながらも、詰問した。

「どうも……結婚に自信がないんだ」

とてもつらそうな顔で、彼は言う。そんなこと考えずに、今までどおり一緒にいればいいじゃない」

「結婚にはこだわらないよ。そんな……唯は耳を疑った。

思わずそう言っていた。別れたくなかった。しばらく時がたてば、状況もきっと変わる。混乱した頭で、何とかそう思う。

だが、彼は首を横に振るばかりだった。

「いいかげんなつきあいはしたくない。ずるずると長引いて、お前につらい思いをさせるだけだ」

そうくり返すだけだった。

そのあと、何を言ったのか、よく憶《おぼ》えていない。気がついたら、家の玄関で泣きながら座っていた。這《は》うようにして廊下を進み、部屋の床に再びぺたんと座り込む。本棚の上に載《の》せてあったテディベアが目に入ってきた。

「嘘《うそ》つき！」

唯はぬいぐるみをつかんで、部屋の壁に叩《たた》きつけた。ぽすっと鈍《にぶ》い音がしてぬいぐるみは床に転がる。うつぶせになったぬいぐるみのように唯も床に突っ伏し、肩を震わせて泣いた。十年もつきあってきて、こんな仕打ちってない。彼と結婚すれば、幸せになれると思っていた。真面目《まじめ》だし、優しいし、一緒にいて楽しい人だったのに――。

唯は朝まで泣き続けた。ぬいぐるみも拾わず、着替えもせず、眠りもしなかった。

それで終わればまだよかったのだが、そうではなかった。

彼ともう一度話し合いをしたいと思ったのだが、連絡してても会ってもらえなかった。しつこく連絡をとっても逆効果だと思い、少し自分の頭も冷やすつもりで、必死に二ヶ月我慢して、もう一度電話をしてみた。

つながらない。

唯はまた呆然とする。携帯電話も、自宅にもかからないのだ。

「どういうこと……?」

彼のアパートを訪ねると、そこにはもう別の人が住んでいた。引っ越したというのはわかった。でも、携帯電話までつながらないというのはどういうことだろう?

そこで、彼と同じ会社に勤める共通の友人に訊《き》いてみた。もしかして、会社も辞《や》めたのだろうか。田舎《いなか》に戻ったとか? 何か悩みがあったのなら、聞いたのに
——。

ところがその友人は、とても言いにくそうにこう打ち明けてくれた。

「あいつ、ロスに赴任《ふにん》したんだよ」

「え、そうなの？」

「それで、あのう……向こうで結婚したんだ」

唯はまた耳を疑った。

「……何？」

「ロス支社から出向してた現地の社員と」

「いつからその人とつきあってたの……？」

「一年くらい前に本社に来て、どうだろ、つきあいだしたのは、ここ二、三ヶ月だったんじゃないかな？」

友人は嘘の下手《へた》な男だった。言ったことが本当ではないと顔にありありと表れていた。

どのくらいつきあっていたか定かではないが、二股《ふたまた》をかけられていたことは確かなようだった。あまりのショックに、言葉も出ない。絶句《ぜっく》とはまさにこのことだった。涙すらも出ない。

真面目で優しいと思っていたのは、勝手な思い込みだったのか。彼との結婚をずっと夢見ていた自分がバカみたい。もう笑うしかなかった。

「ほんと、嘘ばっかり……！」

唯は、テディベアに向かってそう言う。願いを叶える、ということに対してなのか、自分を捨てた男に対してなのか——毎日のようにそうくり返した。ネットで「願いが叶った」という書き込みがあるたびに悲しく腹が立つ。よっぽど「ひどい目にあった」と書き込みをしてやろうかと思ったが、正直そんな気力もなかった。

他にそういう人はいないのか、と探したが、「別に何も変わらない」という人はいても、そんな明らかにひどい目にあった人というのはいないようだった。それがまたくやしい。このぬいぐるみには何の責任もないとわかっていながら、これのせいだと思いたい。結婚式の時には受付に置いてウェルカムベアにしようとまで思っていたのに——こんなことになるなんて。

捨てようかと思ったが、実は愛着もあった。この子に話しかけ、当たることで少しだけ落ち着くような気もしていたからだ。でも、それは一時的なこと。時間がたてば、また怒りや悲しみが湧《わ》き上がり、ぬいぐるみを投げつけ、踏みつけ——最後には話しかけて泣き崩《くず》れる。

彼の代わりにしているのだ、ぬいぐるみを。それがわかっているから、捨てられない。

毎日が無気力に過ぎた。友だちの慰《なぐさ》めも耳に入らない。遊びにむりやり連れ出されても涙が出てくる始末。本人に文句を言おうにも、海外では言いに行くこともできない——。

その時、ふと思った。

「文句……？」

そうだ、文句を言いに行こう。「願いが叶う」だなんて嘘ばかり言っているブルーローズに。

ネットの通販とて、きちんと本社というか、運営責任者の住所は明記されているのだ。直接訪ねて文句を言ってやる。今日も予定のない日曜日だ。時間ならいくらでもある。この気持ちを解決してくれるはずの時間が遅く進んでいるような気がして、叫びだしたいくらいだった。ちょうどいい。この山崎ぶたぶたというふざけた名前の奴《やつ》に、ひとこと言ってやろうじゃないか。

都内の住所であるブルーローズへは、すぐに着いた。ちょっと拍子《ひょうし》抜けするくらいに。しかも、ごく普通のオートロックマンション。その一階の部屋だ。「山崎」という表札が出ていた。ここであることは確かだ。

インターホンを押してみる。カメラ付きではないので、ちょっとほっとする。

「はい?」

女性の声がした。この人が山崎ぶたぶた?

「あの……山崎ぶたぶたさんにお会いしたいんですけど」

単刀直入に切り出してみた。もちろん自分は名乗らない。

「あの……今ちょっと山崎は外出しておりますが」

この女性ではないのか、それともとぼけているのか。

「どちらさまですか？」

ちょっと迷ってから、唯は、

「高見と申します」

一応きちんと商品を買った客なのだから、堂々《どうどう》としていていいはずだ。商品の苦情《くじょう》を言うのって、正当《せいとう》なことでしょ？

「そちらで購入したテディベアについて、ちょっとお聞きしたいことがあって」

お聞きというか、言いたいことなのだが。

「あの、メールでお問い合わせいただきましたか？」

「いいえ、直接言いたくて来ました」

戸惑っている様子が、手に取るようにわかる。

「わたしではわかりかねますので……」

「入れていただけないんですか？」

「いえ、あの……そうですね。待っていただいても、山崎が直接お話しできるかどうか……」

「苦情はメールでしか受け付けていないんですか？」

どういうことなんだろう。

「ええ、原則そういうことなんですが——」

「でもメールじゃ、山崎さんが本当に答えてくれてるかわからないじゃないですか。あたしは山崎さんに言いたいことがあるんです」

だんだん顔が熱くなってきた。身体が震《ふる》えてくる。冷静さを失いそうだ、と頭のすみの方で考えていたが、制御《せいぎょ》ができなかった。

「メールは必ず山崎本人が書いております」

「それはでも、あなたではないってことですよね？」

「そうです。わたしではありませんが——」

「あなたと話していてもらちがあかないんですけど。山崎さん、何時くらいにお帰りなんですか？」

「……わかりません」

「ほんとに？」

インターホンが黙《だま》ってしまう。まさか、嘘？

「後日、ご連絡いたします。下のお名前を教えていただけますか？」

唯はインターホンを切った。多分、山崎ぶたぶたは中にいるか、このインターホンの声が本人かのどちらかだ。

しばらくマンションの前で待った。オートロックとはいえ、中に入ることはたやすい。ここは自分で開けるタイプのドアではないからなおさらだ。

住人らしき人が自動ドアを鍵《かぎ》で開けて入っていった。エレベーターがあるのだろうか、右に曲がって死角《しかく》へ入った時、唯は素早く忍び込んだ。直後、後ろでドアが閉まる。こんなことをしたのは初めてだったが、けっこう簡単だ。監視カメラにも気がついたが、別に泥棒をしようとか思っているわけではない。住居侵入になるのかもしれないが、会いたいんだもの。会って文句を言いたいんだもの。

先に入った住人は、もうエレベーターに乗ってしまったのか、一階の玄関ホールには誰もいなかった。管理人室はあるが、日曜日は不在らしい。窓は暗く閉まったままだ。

山崎ぶたぶたの部屋は、一〇三号室。とはいえ、あんなやりとりをしたあとにいきなりたずねていっても――最悪、警察を呼ばれてしまうかもしれない。

ホールをうろうろと迷っているうち、裏口らしきドアを見つけた。鍵はかかっていない。そっと開けて外を見ると、植え込みの間から一階の部屋の庭が少し見える。

一階は三室しかなく、案内図からすると、多分あの窓が一〇三号室だ。レースのカーテンが少し開いていた。出窓のようだ。何か置いてあるのが見える。

「ぬいぐるみだ」

思わず小さくつぶやく。間違いない。あそこはブルーローズの部屋だ。三つほどぬいぐるみの背中が見えるが、そのうち二つは唯が持っているのと同じだった。

しかし、真ん中のぬいぐるみは全然違うもののようだった。桜色の背中は、新作のものだろうか。それにしては形も違うし、ずいぶん古ぼけているような――。

と、突然その背中が動いた。え、落ちる、と思ったが――落ちなかった。というか、そういう不可抗力的《ふかこうりょくてき》な動き方ではないように見えたのだが――目の錯覚《さっかく》だろうか。

そのあと、唯は信じられない光景を目にする。

真ん中のぬいぐるみが、すっくと立ち上がったのだ。いや、きっと人が立たせたに違いない――と思いながらも、そんな手、どこにもなかった。

あ、もしかして、犬とか猫に着ぐるみを着せているのかな……。それがちんちんをして立ったように見えたとか。その可能性、かなりある。

と自分に言い聞かせるように考えていると、さらにそのぬいぐるみは驚《おどろ》くべき行動に出た。

何と、隣のぬいぐるみに耳を縫《ぬ》いつけ始めたのだ。

いや、本当は違うに決まっているのだ。犬や猫にしては器用《きよう》すぎる。それに――顔も見えたのだが、あれでは前も見えないではないか。いくら何でも全身ぶたのぬいぐるみの着ぐるみを犬猫に着せるとは、ほとんど虐待である。それに、あんな状態で縫い物はできないではないか――って犬猫ができるわけないのだが。

唯は首を激しく振った。とにかくあんな小さなものが、何であろうと縫い物なんてできるはずないのだ。でも——どう見てもお裁縫をしているようにしか見えない。針も糸もはっきり見えないけど。でもさっきまで頭になかった耳が、今はもうついているのだ。なかなか手早い。いや、そういうことではなくて。

その時、風が吹いて、髪が舞い上がった。抑《おさ》えようとした手が、植え込みを払ってしまう。思わぬ大きな音が出た。

窓際のぬいぐるみが、はっと振り向いた——もちろん、真ん中のだけ。点目のぶたの顔。ちょっとブルーローズのテディベアに似ている……。

唯は、踵《きびす》を返して裏庭からホールに駆《か》け込《こ》み、そのままマンションを出た。何だかとっても悪いことをしているような気分になってしまったのだ。誰かにとがめられたわけでもないのに……。

でもあのぬいぐるみの目……まるで人間みたいだった。人間みたいっていうか——動いてたし。そうだ、動いてた。何あれ。

マンションの前の道を渡って、電柱の陰に身を隠すように立ってから、落ち着

こうと努力した。納得するような結論が自分の中に生まれるように尽力もした。

が――。

どう考えても、ぬいぐるみが動いていたとしか思えなかった。というより、その考えに取り憑《つ》かれてしまった。他のことを考えようとしても、何も浮かばないのだ。

えっ、ちょっと待って。じゃあ、あのぬいぐるみがブルーローズのテディベアを作っているってこと⁉

そう想像した瞬間、今度は笑いがこみあげてきた。いけない、こんなところで笑ったら、本当に不審者《ふしんしゃ》になってしまう。唯はマフラーに顔を埋《うず》め、笑いの発作《ほっさ》がおさまるまで待った。

でも、どう見ても作ってたし。

それでまたふりだしに戻る。笑いがおさまるまで、首にしていたストールマフラーで顔をごしごしこすってしまい、化粧までとれてしまう勢いだった。うわ、マフラー汚なっ。こんなに厚化粧してたっけ？　もうっ、お気に入りなのにっ。

しばらくそれをくり返して、ようやく落ち着いてきて――はてこれからどうしよう、と考える。そういえば何のために来たんだっけ？　ああ、そうだ。文句を言おうと思っていたのだ。

でも、気持ちはすでに変化していた。あの窓の部屋が、多分ブルーローズだ。そこでテディベアを作っていたぶたのぬいぐるみ――ブルーローズはテディベア専門店なので、ぶたはない。手に入れれば一品物《いっぴんもの》だ。世にも不思議な動くぬいぐるみ。あれこそ、本当の幸運のぬいぐるみなのではないか？　あれが作っているからこそ、幸運に恵まれる人がいるのではないだろうか。

あのぬいぐるみがほしい。あれさえあれば、どんな願いでも叶いそうな気がする。

……でも、どうやって手に入れればいいの？

そう考えると何も浮かばない。あの部屋から出てくるのだろうか？　お裁縫はしていたけど、歩けるのか？　まさか、囚《とら》われの身!?　捕まってぬいぐるみを作らされているの!?

もしそうだとしたら、何だかかわいそうだ。きっと珍しい不思議なぬいぐるみな上、手先が器用だったもんだから、自分と大して変わらないぬいぐるみ作りを強《し》いられるなんて。

……いや、ほんとにそうかはわからないけれど、そう考えると何となく納得がいくような気がする。「願いが叶う」なんて噂も、あのぬいぐるみを監禁している人間自身が流したものかもしれない。いつか機会を見て、あのぬいぐるみの姿を小出しにしたりして、噂の信憑性《しんぴょうせい》を高めようって魂胆《こんたん》ではないのか？

助けてあげたらどうだろうか。過酷《かこく》な状況から救ってあげれば、そのお礼として幸運を授けてくれるかも。それにあのぬいぐるみ、とってもかわいかったし。

どうしよう。しばらくここで張り込みをすべきだろうか。あの部屋に何人いるかわからないが、人間が出て留守になったところを踏み込んで——って、さっきみたいにうまく入れるだろうか。マンションの玄関は何とかなっても、ドアに鍵がかかっていたら？　あ、そうか、中から開けてもらえばいいのか。え、「助けにきました」って言って開けてもらえる？

それともさっきの裏庭から忍び込むとか。そっちの方が確実ではないだろうか。いつもあそこでぬいぐるみを作っているのかな。窓の鍵がかかっていたら、ガラスを割ればいいのかしら？ 十円玉を靴下につめて叩くと、割れやすいってこないだテレビでやってたけど――。

はた、と気づく。いったいこんなところに突っ立って何をやっているのだろう。いくら考えても妄想《もうそう》の域《いき》を出るはずもなく、そもそも考える根拠もなかったりして。

どのくらいここに立ち尽くしていたのか――時計を見てもまったくわからなかった。ただ、家を出たのは午前中で、今はお昼過ぎだということ。

もう帰ろう。ここにいたって何もできるわけない。ぬいぐるみが動くなんて――夢に違いないのだ。実はまだ、起きていないのかも。そろそろ目を覚ましてもいい頃だ。

汚れたマフラーを首に巻いて、歩き出そうとしたとたん、また足が止まった。マンションから出てきたもの――それはまさしく、さっき見かけたぶたのぬいぐるみではないか！

トコトコと走るよう——いや、その歩調《ほちょう》はまさに逃げるようだった。まさか、本当に逃げ出してきたの!?

ちょっとだけ呆然と見送ってしまったが、すぐに我に返り、唯は追いかけた。後ろを気にしながら。誰か追いかけてくるかもしれない。

でも、マンションから他に人が出てくる気配《けはい》はなかった。それでもぬいぐるみの足取りは変わらない。一目散《いちもくさん》に走っているのは、背中を見ればよくわかる。

だが、とっても遅い。唯がちょっとダッシュしただけでほとんど追いついてしまったのだ。しばった小さなしっぽが激しく動いていることから必死さは伝わってくるのだが、スピードがあるとは言い難《がた》い。後ろから見るとピンクのバレーボールが地面を這っているみたいなのだが、ボールは転がした方が絶対に速いだろう。

これでは追い抜いてしまう。どうしたものか。

はっ、でもこれはチャンスかも。今ならあのぬいぐるみ、捕まえられる。

そう思ったあとの唯の行動は早かった。瞬間走り出し、さっとぬいぐるみをすくいあげた。

「えっ⁉　あ⁉」

――なんかおじさんみたいな声がする。

「ちょ、ちょっと、何ですか⁉」

やっぱりおじさんみたいな声がする！

「降ろしてくださいー」

降ろしてって――このおじさんのような声は、このぬいぐるみのもの⁉

唯は思わず立ち止まり、ぬいぐるみの脇《わき》の下に両手を入れて自分の目の前に持ってきた。ビーズの点目、突き出た鼻、大きな耳は右だけそっくりかえっている。ぶらんと垂れ下がった手足の先には濃いピンク色の布が貼ってあった。

「……何でしょう？」

突き出た鼻がもくもくと動いて、おじさんの声がする。くらっとめまいがするようだった。囚われの小さなぬいぐるみ――といえば、まるっきりかわいそうな少女のイメージだったのに……こんな、どう聞いてもおじさんとしか思えない声を発するとは。これじゃ全然《ぜんぜん》かわいくないじゃないか。いや、かわいいけど。

「何かご用ですか？」

ぬいぐるみは再度言う。唯はどう答えたらいいものか——完全に固まっていた。

「すみません、僕はあそこに行くだけなんですけど」

そう言ってぬいぐるみが指さす（？）方には、コンビニエンスストアがあった。

もう一方の手には、ひらひらした紙がくっついている。

そのあと、唯はこれもある意味、世にも不思議な言葉を聞くことになる。

「ガス代、払うの忘れてて」

ガス代。ぬいぐるみがガス代を払うのか。しかも、忘れていたのか。コンビニで払うの？　口座振替じゃないの？　いや、それももっとおかしいような気がするけど……銀行口座があるって。

「離してはもらえないでしょうか？」

唯は反射的に首を振った。

「えー」

落胆《らくたん》したような声がぬいぐるみから出た。

「払わないとガスが止まってしまいます」

唯はまた首を振る。まだ声は出なかった。

「じゃあ、離さなくてもいいですから、コンビニに行ってもらえませんか？」

「え？」

ようやく声が出たのは、あまりにも意外な申し出だったからだ。離さなくていい……？

「ちょっとコンビニに寄ってもらえます？」

何だか妙に冷静な妥協案《だきょうあん》に、唯は思わずうなずいてしまった。うなずいた手前、行かないわけにはいかない。唯は、ぬいぐるみを前に突き出しながら、そのままコンビニへ向かった。まるで子猫を持っているようだった。

「いらっしゃいませー」

と、自動ドアが開くと同時に言った若い男性店員がびっくりしたようにこっちを見ていた。その気持ち、とてもよくわかる。

しかしそれは、唯の誤解だった。

「どうしたんです、ぶたぶたさん？」

近づいてきて声をかけたのは、ぬいぐるみの方へだった。

「いや、ちょっとわけがあって……」

ぬいぐるみも躊躇《ちゅうちょ》なく受け答えをしている。

「あの、これお願いします」

ぴらん、と手にくっついた紙と、今気づいたがお札を店員に差し出す。

「あ、はい。どうぞこちらに来てください」

自分に言ったのかぬいぐるみに言ったのかわからないまま、唯はレジカウンターに近寄る。

「払うのすっかり忘れちゃって」

「口座振替にしたらいかがですか？」

「やろうと思ってるうちに次の月になっちゃうんだよ」

「あー、そうですよね。振込用紙が来て、思い出すんですよねー」

ははは、と二人は和《なご》やかに笑う。自分はどうしていいのやら。何となくひきつった笑顔を浮かべてみたりして。

「はい、こちら領収書とおつりです」

「悪いけど、財布《さいふ》に入れてくれる？」

「はい」

店員が手をのばしてきたので、驚いてあとずさりしそうになった。しかし彼は、ぬいぐるみが首からぶら下げている（人間からすれば）小さながま口にガス代の領収書とおつりを入れただけだった。そんな財布ぶら下げていたなんて、今初めて気がついた。

「どうもありがとう」

「ありがとうございました！」

と頭を下げられたが、どうすればいいのか。

「あ、もう用事終わりました」

ぬいぐるみがぎゅうっと首をねじってこう言ったので、はっと我に返る。

「とりあえず出ましょう」

しかしそう言われるまで、動けなかった。あわててコンビニから飛び出す。

「で、やっぱり離してはくれないんでしょうか？」

こっちを見上げたまま、ぬいぐるみは言う。唯はいやいや、と首を振る。

「もう帰るだけで用事はないんですけど……携帯も置いてきちゃったし」

携帯!? ぬいぐるみのくせに携帯電話なんか持ってるというのか!? ガス代を払い、携帯を持ち、その上さらに何があるというのだろう。

「何かわけがあるんでしょ？」

しかもおじさん声だ。その渋《しぶ》い声音《こわね》で諭《さと》されるように言われると——唯はためらったのち、うなずいた。

「話、聞きますよ。そこの公園ででもどうですか？」

小さな児童公園があった。寒いせいか子供は遊んでいない。

「逃げませんから」

点目でじっと見つめられてそう言われると、ほんとのことのように思える。

「わかったわ」

ようやくまともに声が出たようだった。


公園のベンチに二人で座る。あまりにちんまりとかわいらしいので、やはり今までの会話や出来事は嘘か幻なんじゃないかと思う。

「はじめまして、僕は山崎ぶたぶたといいます」

しかし、さっそくぺこりとお辞儀《じぎ》をしながら自己紹介をするぬいぐるみ。

「え、あなたが山崎ぶたぶたなんですか⁉」

何の躊躇もなく、口から驚きの叫びが飛び出す。だって、その名前は、ブルーローズの──。

「あ、もしかして、さっきうちに訪ねてきた方？」

「う……！」

「窓からも見ていました？」

絶句してしまうが、八割方認めたようなものだ。

「なんかうちのテディベアについて訊きたいことがあるって……」

「はあ……」

唯は渋々《しぶしぶ》うなずく。

「高見唯っていいます……」

こっちもちゃんと自己紹介しなければいけないと思う。

「高見さんね。すみませんね。僕のことはなるべく秘密にしようって言ってるもので、出られなくて」

「何で秘密なんですか？」

「だって、ぬいぐるみがぬいぐるみを作ってるって信じられます？　しかもおじさんですよ。宣伝になるとも思えないし」

宣伝に……ならないだろうか？　ふざけているとも思われる？　おじさんであることは声を聞かないとわからないだろうけど、うーん……諸刃《もろは》の剣かも。

「テディベアの出来だけでやってこうと思ってたんで、別に僕のことはどうでもいいかなって思ったものですからね。けど、ご意見があるなら、こうしてバレちゃったことだし、直接お聞きしますよ」

「意見っていうか……」

唯はこれまでのいきさつをその山崎ぶたぶたというぬいぐるみに話した。「願いが叶う」という噂を信じてブルーローズのテディベアを買ったこと、その直後に恋人にふられたこと、黙って海外へ行ってしまったこと、そちらで結婚してしまったこと――全部。

「願いが叶うっていうから買ったのに……」

つい本音が出た。

「うーん……うちのテディベアは心をこめて作ってますけど、願いが叶うかどうかは保証できないので……」

腕組みをした苦悩の表情でぶたぶたは言う。というか、腕をぎゅっとしすぎて、身体中にしわが寄っているだけとも言えるが。

「結婚したかったのに……」

言葉にしてみると涙がにじむ。

「あんなだますみたいに別れるなんてひどい……」

「でも、ほんとのこと言われたらどう思いましたか?」

「それもつらいけど……」

どっちが傷が深かったかは、もうわからない。でも、何も知らなかったのがくやしい。

そうだ。

「あたし、くやしい……」

涙がぽろりとこぼれたが、それは悲しみの涙とは違うような気がした。

「もう一度会いたいと思うけど……文句の一つも言ってやりたい……」

あんたなんか、こっちから願い下げだ、とでも言ってやりたい。

「どう思います!?」

ぶたぶたにたずねると、彼はあわてたように、

「いや、このまま忘れた方がいいとは思いますが……気がすまないのなら、相手

に言うのもまた……吹っ切る一つの方法ではないかと……」

口ごもりながら、そう言った。

「そうよね」

文句を言うのはブルーローズじゃない。あたしを振った元恋人だ。あんなごまかしであたしが納得すると思ったら大間違いだからね。

「直接言うわ、あたし」

「けど、その人アメリカにいるんでしょ？」

「そう。もちろんそこまで行くわよ」

「はあ……」

「お金はないけど」

パスポートはあるが。

「でも、あんな男のために定期を解約する気にはならないわ」

貯金を崩《くず》すなんてそんなの負けだ。唯はキッとぶたぶたに目を向ける。おびえたように身を固くして見えた。

「いや、僕もあんまりお金はないですけど……」

「安心して。別に借りようとか出させようなんて思わないから。そのかわり、力を貸して」

「力？」

ぶたぶたの目が、いっそう点になったようだった。

唯はコンビニのキャッシュディスペンサーに寄ってから、ぶたぶたを連れて、駅前のパチンコ屋へ向かった。〝等価交換《とうかこうかん》〟の店だ。

「パチンコするんですか？」

「そうよ。今持ってるお金を突っ込むわ」

「ええー、それでアメリカに行く費用を捻出《ねんしゅつ》するつもりですか？」

「もちろん。渡航《とこう》費用くらいは何とかなりそうじゃない？」

そんなに大金を稼《かせ》ぎたいわけではないのだ。

「テディベアには願いを叶える力はないんでしょ？」

「はあまあ、そのつもりで作っているわけではないんですが」

「けど、テディベアは売れてるし、あたし以外には願いが叶ってる人もいるんだし。あたしはあなたこそ幸運のぬいぐるみだと思うのよね」

「ええー、そんなことないですよー！」

必死に否定するぶたぶただが、

「けど、あなた、今幸せ？」

「うう……まあ、幸せな方だとは思いますけど……」

「だったらそれをあたしに分けてよ」

唯は有無を言わさず、ぶたぶたを抱きかかえてパチンコ屋へ入っていった。

「どの台がいいと思う？」

「えっ、そんなのわかりませんよ。どう選べばいいんですか？」

パチンコは父親の影響で始めた。社会人になってまだ実家に住んでいた頃、よくつきあわされたのだ。遊ぶこと自体は割と好きだが、パチンコ屋は少し苦手。

タバコくさいし、人いきれがするし、店から出ると耳の聞こえが悪くなる。でも、こうやってぶたぶたと大声で話していても、誰も気づかないし聞こえない。思わぬパチンコ屋のいいところを見つけたみたいだった。

「もちろん勘よ。釘《くぎ》を読めとは言わないわ。あなたがパチプロだなんて思ってないから。いいと思った台を言ってくればいいの」

「そんな、他力本願な――」

「あなたは幸運のぬいぐるみ本体なんだから、それぐらいの力はあるでしょ?」

「そんなことひとことも言ってないんですけど……」

「いいから。どれがいい?」

ぶたぶたは、周《まわ》りをきょろきょろ見回して、とあるアニメキャラの台を柔《やわ》らかい手先で指し示した。

「リーチアクションが気になって」

「えっ、まさかリーチの時のアニメが見たくて、この台を選んだんじゃないでしょうね!?」

ぶたぶたは、困ったように首を傾《かし》げるが、それはほとんど肯定《こうてい》したようなものだった。でも、そういうド素人《しろうと》くさい選び方が幸運を呼ぶのかも。

「まあ、じゃここにしましょ」

唯はさっそく座り込み、台についた玉貸機の中にまず五千円札を滑り込ます。

「あ、カードじゃないんですか？」

「うん、今は台離れなくていいのよ」

答えてから、けっこう知ってるじゃん、と突っ込みたくなるが、とりあえず今は自分の勝負だ。隣の空席の上にぶたぶたを置くと、ハンドルを手に取る。

玉がはじき出されて、スロットが回り出す。おなじみのキャラクターの台だが、唯はやったことがなかった。どんどん玉ははじき出され、スロットは回るが、リーチは来ない。あっという間に五千円分使ってしまった。

まあ、いきなり来るわけはないな、とため息をついた時、

「リーチ！」

アニメ声が高らかに聞こえた。隣を見ると、何とぶたぶたが玉をはじいている

ではないか！

「何してんの!?」

「いえ、ヒマだから、千円だけやろうかなーって」

「やったことあるの？」

「ごくたまにですけど」

一瞬驚くが、声がおじさんであることを考えると、何となくそれも普通かな、と思えてくる。しかもいきなりリーチ！　いやでも、これはチャンスかも。確かに幸運のぬいぐるみがついているから唯自身が当たる、ということもあるけれども、ぬいぐるみ本人がパチンコをすれば、それだけ当たる確率《かくりつ》って高くならないか？

しかも、高確率なリーチアクションに発展していくではないかっ。えっ、確率百パーセント？　嘘っ!?　あとは確率変動になるかどうかだけだ。

「おお、当たりましたよ当たりました！」

ぶたぶたの声も興奮気味だ。

「再抽選！　確変！」

唯も思わず声が出る。

そして——言ったとおりに確率変動へ。

「やったー！」

ぶたぶたよりも、唯の方が喜んでいた。というか、ぶたぶたが喜んでいるのかどうか、点目なのでよくわからないんだけど。

唯ももう一万円、玉貸機に突っ込んだ。今あやからなくてどうする？　いい風が吹いてきたのかもしれないではないか。

そして数時間後——。

「すっかり吸い込まれちゃいましたねー」

晴れ晴れとした顔でぶたぶたは言った。

唯の肩はがっくりと落ちていた。ぶたぶたの確変にあやかったのか、唯もあのあと出始めた。二人でドル箱を積み上げたのだ。一時は。だが……気がつくと二人とも出た玉を全部使い切ってしまっていた。

信じられなくて「もう少し、もう少し」と粘《ねば》った末、もう財布を開けたくなくなった唯に反して、ぶたぶたが晴れ晴れしているのは、損したのがたった千円だから。「千円でけっこう遊べた」という満足感すら顔に出ていた。点目なのにっ。

「負けた……こんなに負けたの初めて……」

「うーん……まあ、ギャンブルでお金はなかなか増えませんからね……」

そりゃそっちは千円ですんでるんだもん！　と怒鳴《どな》りたい気分だったが、正論なので反論もできず。それに路上でぬいぐるみに八つ当たりというのもみっともない。

「けど、あたしはあきらめないわっ」

気持ちを切り換えて、唯は宣言する。

「パチンコがいけなかったのかもしれないもの」

「うーん、やはり地道に――」

「今ならまだ間に合うわ！」

唯はぶたぶたをはしっとつかまえ、駅へと走り出した。

「競馬場に行くわよ！」

「ええーっ、だからギャンブルはーーー！」

「最終レースくらい何とかなるわ」

「だからーっ」

ぶたぶたの抗議《こうぎ》は唯の耳には入らない。正論であることはわかっている。でも、彼は幸運のぬいぐるみなんだから。そのはずなんだから！


そして、さらに数時間後——。

空《から》っぽの財布を抱えて、唯は呆然としていた。

最終レースの大本命に財布の中身を全部突っ込んだのに——見事その馬はビリッケツ。考えている余裕もなかったから、全部単勝で買ったのだ。余っているのは、小銭三十二円。これでは、切符も買えない。

「だ、大丈夫……？」

ぶたぶたの声が、下の方から聞こえる。唯は、思わずがくんと膝《ひざ》をついた。コンクリートが膝に冷たい。何より痛い。けど、それを口にする気力もなかった。ただそのまま四つん這いになって、痛みに耐《た》える。

「あのー……」

下からぬっとぶたぶたがのぞきこむ。

「うわああっ」

びっくりのあまりのけぞり、コンクリートに座り込む格好《かっこう》になる。

「帰りの電車賃とか、あるんですか？」

「……もちろん、ないわよ」

「ほんとに？」

「さっき財布の中身、見せたでしょ？」

ぶたぶたは「やめろ」とくり返したが、聞かずに全部馬券を買ってしまった時に。

「定期券とか、そういうので帰れるとか……」

「そんなのないわよ。路線《ろせん》違うし」

「うーん……」

ぶたぶたは何やら悩んでいたようだが、やがてこんなことを言い出した。

「あのう、実は一番になった馬の単勝《たんしょう》馬券買ってて──」

「えっ⁉」

トップの馬は万馬券になったのだ。地獄に仏とは、まさにこんな気分のことを言うのだろう。唯は一気に天国へと引き上げられた気分だった。やはりこのぶたぶたは、幸運のぬいぐるみだ！

「いくら⁉　いくらになったの⁉」

「……一万円」

てへへ、とぶたぶたは笑った。

「一万円って……百円──一枚しか買ってなかったの⁉」

「そうです」

「百倍だったのに⁉　どうしてそんなちょっとしかお金使わないのよ⁉　もった

いない！　もったいなさすぎ！」

「だってこの財布、おうちの財布だから、そんな勝手に使うわけにはいかないんですよー」

「何よ、おうちの財布って」

「僕個人の財布じゃなくて、家計のお金を出す財布ってこと」

わかってたけど訊いてみた。どうしてぬいぐるみのくせに、こんなに生活感にあふれているんだろう。

「さっきパチンコで使った分とかお昼の分はこれで補充できるから（競馬場でごはんをおごってもらったのだ）、半分の五千円どうぞ。これで帰れるでしょう？」

「……恵《めぐ》んでもらわなくてもけっこうよ」

ぬいぐるみにだなんて。

「でも、歩いて帰るわけにもいかないでしょ」

そう言われて、唯は渋々ぶたぶたが差し出した五千円札を受け取る。相変《あいか》わらずどうやって持っているのかわからないけれども。

冷たいコンクリートの上で、唯は頭を抱《かか》える。

「あー……あなたは幸運のぬいぐるみのはずなのに……どうしてあたしはこんなに損をしなくちゃならないの？」

もはや抗議の口調《くちょう》に力はなかった。口座には光熱費や電話代が引き落とされる分しか残ってない。給料日までどうやって暮らそう。

「幸運のぬいぐるみでなくて申し訳なかったですけど……僕はむしろ、あなたの方が幸運を運んでくれたように思うんですが」

「え？」

ぶたぶたは意外《いがい》なことを口にした。

「だって、パチンコであんなに出たのって初めてだったし、競馬も競馬場も初めてだったのに、たった一枚の馬券が万馬券になったし」

「……幸運ねえ」

それは単なる〝偶然〟ってものじゃないだろうか。特に競馬は〝ビギナーズ・ラック〟って奴だ。それに——そんな程度でもいいの？　そんな幸運でいいの？

「いいえ、きっとあなたのおかげです。だって、賭《か》けた馬の名前――」

差し出された馬券には、〝ブルーローズ〟とはっきり書かれていた。

「こんな偶然、あります？　あなたに連れてきてもらわなかったら、買えなかった馬券でしたよ」

短い腕を振り回しながら、ぶたぶたは言う。

「ほら、『幸福の王子』みたいなもんでね――」

と言ってから、はっとした顔をした。マンガだったら、縦線《たてせん》が入りそうな表情だ。でも、言いたいことは何となくわかった。貧しい人へ、自分に施《ほどこ》された宝石や金箔《きんぱく》を分け与え、ぼろぼろになっていく王子の像――。

「そんないい人じゃないわ。だって、あなたを誘拐《ゆうかい》したのよ、あたしは」

身を削《けず》って皆に幸福を分け与えた王子とは大違い。確かに財布の中身はだいぶ削られたけど。でも、あの物語での像になる前の王子は、貧しい人のことなんか何も知らない、ただの世間知らずだったのだ。そう考えると、自分本位《ほんい》でしかものを考えられなかったあたしが〝幸福の王子〟と呼ばれてもおかしくないかも。

「それは、慣《な》れてますから」

「慣れてる？」

「連れていかれてしまうのは」

それってどういうこと？と思ったが、自分とおんなじような人間もいるだろうな、と思い直す。それぞれいろいろな理由があるだろうが。

「でも、今日は楽しかったですよ」

ようやく素直に言葉が出てきそうな気がした。

「引っ張り回して、ごめんなさい」

憑きものが落ちたようだった。元恋人への怒りも、なくなったわけではなかったけれど、直接会ってひとこと言おうとか、殴《なぐ》ってやろうとはもう思っていない。仕方がないことだったのだ。向こうの気持ちが離れてしまった時点で、恋愛は終わり。終わり方にばかりこだわっていては、何も始まらない。

幸運のグッズに自分があやかれないくらいで自分は不幸と思うなんて、どうかしてた――今はそう思える。

「これ……返します」

唯は、バッグの中からブルーローズのテディベアを取りだした。

「いえ、それはお買い上げいただいたものですから――」

「でも、なんか持っているのもあなたに悪い気がして」

こんな気持ちで持っているのが。

ぶたぶたはしばらく悩んでいたようだったが、やがてこう言った。

「あなたにとって、このテディベアは、大切なものですか？」

そう問われて、うなずくことができなかった。この子の目は、捨てようとしていたパジャマのボタンだ。単に手に入れたかったから買ったテディベア――願いが叶った人の中に、そんな人いないとは言えないけれど、大切な気持ちをこめた人だっているはずだ。

少なくとも、自分はそうじゃなかった。

「ぶたぶたさん」

初めて名前で呼んでみた。

「あたしにもう一つ、テディベアを作ってください」

「いいですよ」

唯は、首のマフラーをはずして、ぶたぶたに差し出した。

「これで」

大学に入った年の冬、バイト代で自分へのクリスマスプレゼントに買ったピンク色のシルクカシミアのストールマフラー。色も手触りも、暖かさも大好きで、ずっと使ってきた。夏でも冷房対策で持ち歩くほどのお気に入りだ。でももう色《いろ》褪《あ》せ、生地がさらに薄くなってきてしまっていた。一度友だちに「くたびれてる」と言われてからは、しまいこんでしまっていたが、今日は久しぶりに引っ張り出した。このマフラーには、恋人とのいやな思い出が一つもないからだ。

それに、これを首に巻いて歩くと、昔の自分を思い出す。一人でも颯爽《さっそう》と生きようとしていた元気なぱんぱんなほっぺただったあの冬の日を。

「あ、汚れてる」

涙もずいぶん拭《ふ》いた。そのたび、自分の手で丁寧《ていねい》に洗ってきた。最後の洗濯《せんたく》が、笑ったせいで汚れたおかげ、というのがちょっと救いだった。

「洗って送ります。これでできます?」

「できますよ。待ってますから」

ぶたぶたはにっこりと笑った。


一ヶ月後、唯の家に届いたテディベアは、ストールの生地をめいっぱい使った少し大きめのサイズで、首に小さなストールマフラーを巻いていた。もう一本同じものがあったので、それは古い方のテディベアに巻いてあげる。くすんだピンク色は、ぶたぶたを思い出させる。

一ヶ月の間に何か変わったかと言えば——特には何もない。もらった五千円で、無事に給料日まで乗りきった、ということぐらい。けっこうやればできるものだ。

ああ、それから——ずっと行きたいと思っていた部署《ぶしょ》への異動《いどう》が決まった。もう歳《とし》を取りすぎてだめかと思っていたのに、突然の方針転換。不安はあるが、やっぱりうれしかった。今は、元恋人のことなど思い出すヒマもないほど、忙しい日々を送っている。

あの日、帰ってから見た夜のニュースで、ぶたぶたが馬券を買った馬のことが報道されていた。デビューしてから一度も勝ったことがなく、このレースで負けたら早めの引退をするはずだった、と長年調教《ちょうきょう》してきた男性が語っていた。

「こんな名前にしちゃったせいで勝てないと思っていたけど――」

青いバラ――英語の〝Blue rose〟という言葉には、「不可能」という意味がある。

調教師は、笑顔で続けた。

「――夢を見続けてて、ほんとによかったです」

けれどそれは、「見果《みは》てぬ夢」という意味でもあるのだ。誰が見ても青いバラを、いつか必ず咲かせようと思っている人がいるみたいに。

ネットでは、相変《あいか》わらずブルーローズのテディベアに願いを託《たく》す人が少なくない。それは、「不可能」であっても「見果てぬ夢」だからこそ、なんだろうか。

ささやかな夢であったって、「不可能」である可能性があるとともに、どんな不可能なことでも「可能」であるのと同じように。

でも、一つだけわかったことがある。自分にとっての本当の〝ブルーローズ〟はぶたぶただってことを。どこにもないけれど、だからこそ誰のものでもない誰のものでもある青いバラ。「不可能」――ありえないと思いながらも、忘れられない「見果てぬ夢」……。そんな夢をもらっただけでも、昨日と今日の自分が、少しだけ違うと思えるのだ。

そんなこと、照れくさくて、お礼のメールには絶対書けないけれども。

あとがき

お読みいただきありがとうございます。矢崎存美《やざきありみ》です。

徳間文庫のぶたぶたシリーズも、六冊目となりました。

今回は雑誌に掲載した作品を集めた花束のような短編集です。花といっても主にバラですね。

最初に『BLUE ROSE』を書いた時は、こんなふうになるとは思ってもみなかったのですけれど。いつの間にか裏テーマが「バラ」みたいになってしまった。ぶたぶたの職業はいろいろなのに。

雑誌で読んでいた方もいらっしゃると思いますが、こうやってまとまるのを待っていた方もいらっしゃるのではないでしょうか。「これは読んだけど、これは知らない」というのもありましょう。それもまた楽しいと思っていただければ、幸いです。

さて、ちょっとだけ言い訳というか、『BLUE ROSE』に関する説明をしておきます。「青いバラ」に関する状況が、雑誌に載せた当時と変わっているんですよね。

現在「青いバラ」といえば、青色の色素を持つ「アプローズ」というバラなんですが、『BLUE ROSE』はこのバラが発表された少しあとに書いたものです。切り花として流通される前であることは確かなのですが、「青いバラは存在しない」とは言い切れない時期に書いたものなんですね。

ただ現在でも真っ青なバラというのはまだありません。青色の色素があっても、色自体は紫に近いのです（研究は続いています）。従って花言葉にはまだ「不可能」というのは残っています。しかし、アプローズができたことにより「夢かなう」という花言葉が加えられました。『BLUE ROSE』の内容からして、その言葉もまたふさわしいと思いまして、お話はそのままにしておきました。

真っ青なバラは、私が生きている間に見られるのかなあ。あと二十年くらいたてば……実現しそうではある。けど、割と簡単に実現してしまうものがある反面、なかなか叶《かな》わないものもあったりするしなー。

ぶたぶたそのものでなくても、似たようなものがいつか実現することも、あるんでしょうかね？　ごはん作ってくれて、愚痴を聞いてくれる何かが……。はっ。ぶたぶたに対して私が求めているものは単純すぎるようでいて、おそらくとても難しい存在だな、と思ったりします。


雑誌掲載時にイラストをつけてくださったあいみあささんのイラストも再録されたり、新たに描いていただいたりして——ありがとうございました。

私、『いばら屋敷』のイラストがすごく好きだったのですよね。子供とぶたぶたの絵は、いつもどこか切ない。この作品は、最近書いたぶたぶたの短編の中では、一番のお気に入りだし。早くしかも楽に書けた、というのも含めてなんですけど……。

いろいろお世話になった方々、ありがとうございました。
この文庫で初めてぶたぶたを知った方は、ぜひシリーズ第一作『ぶたぶた』もよろしくお願いいたします。インスタグラムもやっています。「山崎ぶたぶた」で検索してみてください。ぶたぶたがいろいろなところへ行ったり、おいしいものを食べています。
それでは、また。

二〇一六年七月

矢崎存美　BUTA-BUTA ぶたぶたシリーズ

大好評！

著作リスト

『ぶたぶた』
（廣済堂出版　1998年9月、徳間デュアル文庫　2001年4月、
徳間文庫　2012年3月）

『刑事ぶたぶた』
（廣済堂出版　2000年2月、徳間デュアル文庫　2001年6月、
徳間文庫　2012年11月）

『ぶたぶたの休日』
（徳間デュアル文庫　2001年5月、
徳間文庫2013年2月）

『クリスマスのぶたぶた』
（徳間書店　2001年12月　徳間デュアル文庫　2006年12月、
徳間文庫　2013年12月）

『ぶたぶた日記《ダイアリー》』
（光文社文庫　2004年8月）

『ぶたぶたの食卓』
（光文社文庫　2005年7月）

『ぶたぶたのいる場所』
（光文社文庫　2006年7月）

『夏の日のぶたぶた』
（徳間デュアル文庫　2006年8月、
徳間文庫2013年6月）

『ぶたぶたと秘密のアップルパイ』
（光文社文庫　2007年12月）

『訪問者ぶたぶた』（光文社文庫　２００８年12月）

『再びのぶたぶた』（光文社文庫　２００９年12月）

『キッチンぶたぶた』（光文社文庫　２０１０年12月）

『ぶたぶたさん』（光文社文庫　２０１１年８月）

『ぶたぶたは見た』（光文社文庫　２０１１年12月）

『ぶたぶたカフェ』（光文社文庫　２０１２年７月）

『ぶたぶた図書館』（光文社文庫　２０１２年12月）

『ぶたぶた洋菓子店』（光文社文庫　２０１３年７月）

『ぶたぶたのお医者さん』
（光文社文庫　２０１４年１月）

『ぶたぶたの本屋さん』
（光文社文庫　２０１４年７月）

『ぶたぶたのおかわり！』
（光文社文庫　２０１４年１２月）

『学校のぶたぶた』
（光文社文庫　２０１５年７月）

『ぶたぶたの甘いもの』
（光文社文庫　２０１５年１２月）

『ドクターぶたぶた』
（光文社文庫　２０１６年７月）

『ぶたぶたの花束』
（徳間文庫　２０１６年１０月　※本作品）

BUTA-BUTA

矢崎存美 ぶたぶた シリーズ

大好評！

◆マンガ原作

『ぶたぶた』
（安武わたる・画／宙出版　２００１年１１月）

『ぶたぶた２』
（安武わたる・画／宙出版　２００２年１月）

『刑事ぶたぶた１』
（安武わたる・画／宙出版　２００２年１１月）

『刑事ぶたぶた２』
（安武わたる・画／宙出版　２００３年１月）

『クリスマスのぶたぶた』
（安武わたる・画／宙出版　２００３年１１月）

『ぶたぶたの休日１』
（安武わたる・画／宙出版　２００４年１月）

『ぶたぶたの休日２』
（安武わたる・画／宙出版　２００４年６月）

■初出一覧■

ボディガード　「読楽」２０１４年５月号
ロージー　「読楽」２０１５年２月号
いばら屋敷　「読楽」２０１５年11月号
チョコレートの花束　「読楽」２０１６年４月号
ＢＬＵＥ ＲＯＳＥ　「ＳＦ Ｊａｐａｎ」２００６年秋号

なお、各作品はフィクションであり、実在の個人・団体などとは一切関係がありません。

徳間文庫

ぶたぶたの花束《はなたば》

2016年10月15日 初刷

著者 矢《や》崎《ざき》存《あり》美《み》

発行者 平野健一

発行所 株式会社 徳間書店

東京都港区芝大門二―二―二 〒105―8055

電話 編集〇三(五四〇三)四三四九
販売〇四八(四五一)五九六〇

振替 〇〇一四〇―〇―四四三九二

印刷 凸版印刷株式会社

製本 東京美術紙工協業組合

ISBN978-4-19-894159-8 (乱丁、落丁本はお取りかえいたします)

徳間文庫の好評既刊

矢崎存美

ぶたぶた

　街なかをピンク色をしたぶたのぬいぐるみが歩き、喋り、食事をしている。おまけに仕事は優秀。彼の名前は、山崎ぶたぶた。そう、彼は生きているのです。ある時は家政夫、またある時はフランス料理の料理人、そしてタクシーの運転手の時も。そんな彼と触れ合ったことで、戸惑いながらも、変化する人たちの姿を描く、ハート・ウォーミング・ノベル。大人気《ぶたぶた》シリーズの原点、登場!!